小さいことはいいことだ

目次

精神のバランスを求めて旅に出る

――日本は政治も経済も袋小路に陥っています。失業率は公称で5％、本当のところはだれも恐ろしくて聞けないという有り様です。雇用が不安になると、いろいろなことがトーンダウンし、人々の心も萎縮してしまいます。元気なのは金も暇もある高齢者ばかり。全国の美術館、博物館、カルチャースクール、イベントに高齢者があふれています。しかし、彼らとて満ち足りているわけではなく、心の依りどころを求めて右往左往しているように見えます。バブル経済の崩壊は、この国の精神的な貧しさ、文化的な貧しさ、政治・経済的な貧しさを否応なくさらけだしてしまったかのようです。

立松さんは近年、道元をテーマにした本を上梓されたり、宗教をテーマとした連載に何年ごしかで取り組まれています。日本人の死生観、信仰についても造詣を深めていると伺います。そこで今日は、旅を切り口に、仏教世界へ深く分け入っていった動機や、そこから何が見えてきたのかをお聞きしたいと思います。

日本人の心のよすが、豊かさとは何なのか。この時代をいかに生きたらいいのか。立松さんの豊富な見聞や思索の手法から、時代の不安を跳ね返すパワーを伝授願いたいと思います。

芭蕉は46歳で旅立った

立松　日本人の旅といえば芭蕉の「奥の細道」と四国の八十八カ所巡礼、お遍路さんだね。芭蕉の話から入りましょうか。

芭蕉が『奥の細道』の旅に出たのは何歳だと思いますか。なんとなくイメージする芭蕉の風体は老人の姿です。60歳とか、少なくとも人生50年ですから晩年の姿ですね。ところが実際の年表をひもといてみると、芭蕉が旅に出たのはたった46歳です。いまの46歳はとても若い。なんであんな老人の風体をするかというのは、もちろん理由があるわけですよ。

人生50年だったら46歳というのは本当に晩年です。実際に芭蕉がなくなったのは51歳ですから、あと5年しか生きないんですね。実際に最後の、晩年の自覚のもとに芭蕉は旅をしたわけです。そしてお坊さんの格好をしていった。曾良も芭蕉も墨染めの衣を着ていきます。得度したわけではないけれども僧形をしていくわけです。

芭蕉は風流人で、自分では世捨て人と言っていたけれども、俗世で俳諧師としてお弟子さんをたくさん持っていて、決して出家ではなかったわけです。出家的、仏教的な感受性は非常に強かったのですが、俗世の中に生きていた人です。

僧形をしていくというのは非常に意味のあることです。いわば辺界に旅をするというんでしょうか。たとえば西行法師とか宗祇という旅の先達たちはいまでいう詩人ですが、この人たちもお坊さんの格好をしていく。このモデルはお釈迦様です。

奥の細道●1689（元禄2）年、松尾芭蕉が門人・河合曾良を伴っておこなった旅の道中をまとめた俳諧紀行。日本文学史上屈指の紀行作品といわれている。3月に江戸深川を旅立ち、関東、奥羽・北陸を旅し、岐阜・大垣で結ばれた150日にわたる旅の行程は、約2400㎞。各地に句碑や史跡が残っており、旅情をしのんでその足跡をたどる人は現在も後を絶たない。

西行法師●1118〜1190年。平安末・鎌倉初期の歌僧。俗名を佐藤義清、法名を円位という。鳥羽上皇に仕えた北面の武士で武芸に秀でていたが、23歳で出家。鞍馬・嵯峨などに庵を結び、花と月の歌人、旅と草庵の歌人として名を馳せる。新古今集には最多の94首が採録されており、歌集に『山家集』がある。

宗祇●1421〜1502年。室町時代に活躍した連歌師。旅を愛し、芭蕉に深い影響を与えた。和歌の西行、俳諧の芭蕉とあわせて漂泊の三大詩人とも呼ばれる。連歌に格調高い文学性と芸術性を持たせ、連歌最高の名誉職・宗匠に就任、連歌を広く世に広めた。優れた古典学者でもあり、『源氏物語』や『伊勢物語』などの古典研究でも有名。

釈迦は旅に生き、旅に死んだ

立松　お釈迦様は遊行で生涯を送りました。一生何も持たないで、托鉢をする鉢だけを持って旅に生きて旅に死んだわけです。それで糞掃衣《ふんぞうい》という衣を着た。これは人が捨てた衣です。人が捨てたぼろを拾い集めて縫い合わせたり、死者が着ていた衣をお墓から取ってきたり、まったく顧みられなくなったものを、それこそ糞尿のついたものも洗って、非常に不潔なものを洗い清めて着たんですね。それが墨染めの衣の意味です。

ですからお釈迦様は旅に生きて旅に死んだ、そのモデルです。モデルとしてのお釈迦様を慕って墨染めの衣を着て旅に出るのが芭蕉の旅であり、お遍路さんの姿になっていきます。日本人の心の奥にある死生観を考えてみると、芭蕉の『奥の細道』では非常にわかりやすくそれが展開されています。だからいまでも人の心を打つ構造になっているんだと思います。

われわれは旅というと、どこかへ出掛けていく空間の移動のことしか考えないけれども、仏教の根本の認識の中には諸行無常ということがある。どんどん、どんどん月日は過ぎ去っていく。「奥の細道」の出だしの言葉は有名な「月日は百代の過客にして、行かふ年も又旅人なり」というものですが、要するに月日は永遠の旅客であって時間も旅人だということが書いてある。われわれ現代人にとって旅というと、どこか遠くへ行っておいしいものでも食べるとか、珍しい景色を見るとか、温泉につかるということで、そういう情報はあふれているし、旅のグルメとかテレビ番組もあふれているわけですね。

僕も旅が好きでしょっちゅう出ていますが、そういう空間の移動だけが旅だというふうに世の中がなってきて、われわれの時代は見えるもの、触れることのできるもの、確かだと感覚の中で感じるものしか扱わなくなってきています。だけど芭蕉は「月日は百代の過客にして、行かふ年も又旅人なり」と書いている。つまり時間は旅である、とはっきりと書いている。これがポイントなんですね。

いても立ってもいられない死生観《しじょう》

立松　「因縁」という言葉がありますね。そもそもの原因があって、条件が備わった結果、この瞬

諸行無常●あらゆるものは常に変化・生滅し続け、常住不変なものはないという考え方。仏教の基本的教義である三法印のひとつ。『平家物語』や『方丈記』など、日本の文学にも色濃い影響を与えている。

間が現れる。因も条件もどんどん変わっていくから、縁としての同じ時は二つとしてないわけです。どんどん、どんどん過ぎ去って、過ぎ去った瞬間に消えていくという無常観があります。

たとえば中世の時代には、無常のことを考えるといても立ってもいられない、じっとしていられなくなってしまうという死生観がはっきりとあったわけです。あっという間に自分の時間がなくなってしまう。どんどん過ぎ去ってしまう。激流のように飛び去っていく時間の中で、この瞬間にも、いても立ってもいられなくなってしまうという強い無常観を感じていたのが中世の時代です。われわれの時代はそういう中世の時代とも芭蕉の時代とも時間の感覚がずいぶん変わったような感じがするんですね。

人生は旅だという死生観の中で人生はまことに矛盾に満ちていて、たとえば釈迦の認識は一切皆苦です。すべての中に苦しみがあるわけです。生老病死。人は生きながら必ず老いていく。病気になって、必ず死に向かって歩いている。生きることは苦しい。何が苦しいかといえば、必ず終末があるからです。そして、われわれの人生は矛盾に満ちているんです。

生老病死だから、生きるということの中に老、病、死が入っている。生きるというのは生命感にあふれて、本来は輝かしいものであるはずなのに、そこに死の影がある。老いの影がある。病気の影がある。矛盾でしょう。すべてのことに色濃く矛盾の要素が入っていて、われわれはそれを引き受けて生きなければならないという認識が釈迦の根本的な、仏教的な認識だと思います。
人生は旅なんだという考え方だったら、苦しい歳月を生きてきて、時間の中を生きて最後にこの世から去るときは、向こう側の世界に行く、あの世に旅をしていくわけです。旅人を送る。また自分が旅人として送られる。「さよなら、また会おうね」という感じで送るのと、永遠の別離で絶対に会えないという認識とは全然違うんです。また会えるという認識が、この世は旅だということです。

快楽をあわせもつ旅もある

立松 われわれが生きていくかたちの中において時間性というのは大きなものです。旅に限定しますが、いちばんわかりやすいのはX軸、Y軸というのがあって、たとえば空間移動が水平軸だとすると、時間という縦軸があって、われわれは両方を持って動いているんです。

——昔の旅はもっぱら時間との闘いに意義が見い出されていたと。

立松 時間の中を生きていくかたちにおいて、旅の習俗というのはたくさんあります。たとえば「かわいい子には旅をさせよ」と言ったりします。伊勢参りも快楽の旅で、伊勢参りとか観音参りというのは快楽の要素がずいぶん強い。これは四国のお遍路さんとはちょっと趣が違うんですね。

たとえば伊勢参りというのは旅を快楽として見ているところが反面としてあります。伊勢神宮の内宮と外宮の間に古市という歓楽街があって、江戸でいえば吉原と浅草を合わせたみたいなところです。そこには芝居小屋が3軒ぐらいあって、遊郭もたくさんありました。

それでたとえば「ドンドコサン」といって、知多半島とか、渥美半島とか、伊勢湾の反対側のいまの愛知県のほうからドンドコ、ドンドコ太鼓を鳴らして船でやってきます。伊勢湾を横切るだけだから案外近いんです。これがお金をまきながら来るとか、あるいは若い青年が女郎屋に行って男になるという儀式がありました。

親からことづかってきたお金を渡すとツアーみたいにして全部ちゃんとやってくれるらしいんですが、最後に女郎さんが赤い紙をくれてそれで「めでたし、めでたし」と。そういう人生に付随するいろいろなことを旅の中で通過していこうということがあったわけですね。つまり、時間の中を生きていくわれわれは、一瞬たりとも旅人でないときはないという認識です。

奥の細道の「救い」のイメージ

立松　時間の中を旅することはどちらかというと柔らかな、優しい死生観です。永遠の別離じゃなくて、旅人として旅をしているだけなんだから「行ってらっしゃい」というようなものです。それは死に対する感覚が救いに満ちているかたちですね。

芭蕉は、那須野原に行ったら道が複雑で迷ってしまった。巨大迷路に迷い込んだみたいな感じだったんでしょうね。どこへ行っていいかわからなくて、野の中に一軒家があって泊めてもらいます。「農夫の家に一夜をかりて、明れば又野中を行」という実にさりげない文章だけど、やっとのこと一夜を明かすことができた。つまりお接待を受けたんでしょうね。

翌日もまた那須野原です。茫漠たる関東平野の端っこの、広々とした野を行った。草を刈っている男に「助けてくれ」と言ったら、「このへんは道が複雑ですよ。初めて来た、よく知らない旅人は道を踏み間違えますよ。それは大変困ることですから、この馬をお貸しします。馬のとどまるところで馬を返してください」と言うわけです。

伊勢参り●伊勢神宮へ参拝することで、室町時代あたりから民衆行事化。江戸時代以降大ブームとなり、1830(文政12)年には500万人、当時の総人口の6人に1人が参加したといわれる。これら大集団でおしかけるようなものは御蔭参りとも呼ばれ、明治期にも盛んに行われた。家を代表して若い男性が参るのが一般的で、信仰であると同時に男子の成長のための通過儀礼的な意味合いもあった。

――見も知らない相手なのに。

立松　これはすごいことですよ。いま「車に乗っていけ」と言うより、もっとすごいと思うんです。知らない人に馬を貸しちゃうんですから。「迷いから出たら馬を返しなさい」と言っている。大らかで、本当にいい人です。これはいまの黒羽町で、僕が知っている限りでは本当にいい人が多いです。まあ栃木の人は、だいたい全部いいんですけど（笑）。

「ちいさき者ふたり、馬の跡したひてはしる。独《ひとり》は小姫にて、名を『かさね』と云。聞なれぬ名のやさしかりければ、かさねとは八重撫子の名成べし。頓て人里に至れば、あたひを鞍つぼに結付《むすびつけ》て馬を返しぬ」と書いてあります。

子ども二人がくっついてきたわけです。女の子と男の子がくっついてきて、名前を聞いたら「かさね」と言う。八重なでしこで本当に清楚な花です。派手な花ではない。でも何か「かさね」って響きがいいですね。「かさねとは八重撫子の名成べし」は曾良の歌だけど、これは混沌とした迷いの中に入った芭蕉が二人の清らかな童子に救われて、迷いからスッと抜け出して陸奥に向かうというイメージです。善財童子の童子です。救われていくということに清らかなイメージで、僕は本当にこのシーンが好きです。

これは芭蕉の『奥の細道』に満ち満ちている救いのイメージ、救われていくイメージで、救われてどこへ行くかというと、あの世かもしれないし、浄土かもしれないし、よくわからない。でも混沌たる迷いの中から旅をして、スッと抜け出していくというイメージが実に見事に書かれています。

そして黒羽に着いたので、お金を馬の鞍に縛って返したと書いてある。これは礼儀です。すごくいいですね。

50年の寿命と80年の寿命

立松　だいたい昔から人は1カ所に住んでいます。いまは自由自在にどこでも行けるけれども、昔はその土地に縛り付けられて、山を見て、あの山の向こうに行きたい、流れていく雲のように向こう側に行きたいと思っていたわけですよ。そして土地を耕し、縛り付けられた土地で生きていたけれども、そう思いながらも一方で、空間移動はしなくても絶えず時間の中を旅してきたという認識があるわけです。

だから旅をしない人はいないんです。そして本当の人生の最大のポイントは死ぬことです。みんな死に向かって歩いていて、死ぬときにどうなるんだろうというのは大きな疑問です。時間の旅の行き着く果ては死です。なんで死が悲しいかといえば、永遠の別れでもう二度と会えないからです。永遠の別離はまことに悲しいです。

たとえば人生は旅だと考えると、旅人を送ってやるという感覚です。あの世からこの世に旅をしてきて、赤ちゃんの姿でこの世に生まれて、この世の時間の中を旅をしていく。それが戦後間もない時代までは50年の時間しか人に与えられていなかったのです。見事に芭蕉も51年そうやってこの世を生きてきて、聖徳太子も51歳ですか。僕はいま道元を書いているんですが、道元は54歳、だいたいそのぐらいでみんな亡くなっています。

短命の時代、人々は懸命に生きた

——今ならあと20~30年はありますね。

立松　いまは大変ですね。平均寿命80何歳で、戦後いちばん変わったことじゃないですか。戦争のあとから急に日本人の寿命が延びたんですが、それまではずっと人生50年で、その中でどうやって生きようかというのがすべての人のテーマだったわけです。

50年というのは、われわれ80年の寿命を持った人間から見るとなんとも短いです。46歳というと、いまの感覚だと若いでしょう。

——まだまだですね。

立松　働き盛りで若いし、スニーカーとジーンズなんてはいている。恋愛でもしようかとまわりをきょろきょろ見回している。一方、芭蕉は老人の風体をしていくわけですよ。この時間の違いがなんとも大きい。

芭蕉の『奥の細道』を読んでも、たとえば黒羽藩の城代家老は20代ですね。国を守っているのは20代の男です。幕末を描いた子母沢寛の『新選組始末記』を読むと、死んでいるのはみんな20代前半で、久坂玄瑞なんて17歳ぐらいで禁門の変で死んでいるんです。つまり驚くほど短命です。生き急いでいます。それで一生懸命生きている。時間がないから、早く生きないと終わっちゃうから懸命に生きるわけです。

道元●１２００～１２５３年。鎌倉時代の仏僧で、曹洞宗の開祖。久我・藤原の両家につながる名門の出身で、比叡山で天台教学を、栄西のもとで禅を学ぶ。１２２３年に建仁寺の僧・明全らと宋に渡り、４年後に帰国。建仁寺に住んで著作と学問に専念する。著書に『正法眼蔵』があり、座禅こそが仏から伝えられた仏教の真髄であると主張。越前に大仏寺（後の永平寺）を開いた。

まだまだ生きられるという不幸

立松　いまは長命の時代だから、別にあわてない。いつかなんとかなるさと思っているうちに終わってしまうんですが、全然感覚が違うと思います。一瞬一秒を無駄にすまいというのは、たとえば道元もそうですね。勉強したい、勉強したいと思って、死に物狂いで中国に行く。向こうで酷暑、極寒のときもかまわず座禅をする。如浄禅師という師が弟子たちを長い時間座禅をさせるんだけど、向こうの修行僧は「これはたまらん。死んでしまう。病気になってしまう」と言って、そういうときには座禅をしなかったと書いてあります。でも道元は、自分はなんのために苦労して中国に来たんだ、楽をするために来たのではない、自分の修行を完成するためだというので道元は全然さぼらなかった。一生懸命やった。

時間が煮詰まっていたんですね。そういう時間性の違いが大きかった。いまはたしかに長命の時代になって46歳は若いけれども、芭蕉はほぼ46歳で、48歳ぐらいで完成して『奥の細道』を書いているわけですよ。

――思わず自分の年齢に重ね合わせてしまいますね。いまの40代というと、家族やローンをかかえていちばん苦労している世代です。仕事上も先が見えていますから、脱サラを考えたり、希望退職をどうしようかと悩んでいるしんどさがあります。

立松　僕は54歳になって、芭蕉よりずいぶん年を取ってしまいましたが、全然完成していない。まだ生きるつもりなんですが、本当に全然完成していないんです。もう情けないぐらいに何もできていないという自覚があって、われわれがまだまだ時間があるぞと思うことはもしかすると不幸なのではないかと最近思います。短命の時代の一生懸命に生きる姿が、いまわれわれの中にいちばん欠けていることかもしれません。だから、ある程度の年齢になると急に勉強し始めたりすることはわりと多い。それは大切なことだとは思うんですね。

巡礼の生活を垣間見せる遍路宿

立松　井伏鱒二さんの『へんろう宿』という作品があるんです。僕は何度も読んで、これは名作だと思います。この作品は井伏さんのいい面が本当にたくさん出ています。こういう書き出しです。

「いま私は所用あって土佐に来てゐるが、大体において用件も上首尾に運び先づ何よりだと思ってゐる。ところが一昨日、私はバスの中で居眠りをして、安芸町といふところで下車するのを遍路岬といふところまで乗りすごした」

遍路岬というところはたぶんないと思いますが、このへんからすでに小説の世界になっていくんです。乗り過ごして、寂しい漁村に行った。宿が1軒しかない。「電話のあるところに泊まりたい」と言うと、「電話は郵便局と消防署、警察署にしかない」と言われる。

遍路宿が1軒だけあって、ただ泊まって出てくる話なんだけど、似たようなおばあさんが何人もいるんですね。意外にも女中が5人いると書いてあったけど、「どうぞ、どうぞ」と中に入れられる。本当に粗末な宿屋で、女の子しかいなくて、女の子が机で向き合って勉強していたりする変な雰囲気の宿なんですね。奥に入るときも人が寝ている布団をまたいだり、いろいろなものをまたいで入っていく。寝るときに「明日はゆっくり寝る」と言ったら、おばあさんが「そんなら、おやすみなさいませ。ええ夢でも御覧なさいませ、百石積みの宝船の夢でも見たがよございますらう」と言ってくれる。そして夜中に目が覚めると男が一人いて、おばあさんとお酒を飲んでいる声が聞こえるんです。ここのところをちょっと読んでみます。

「『婆さん、もう一つ飲めや。酒は皺のばしになるちうわ。』おそらく婆さんも潔く盃を受けたのだらう。『皺のばしたあ意気な言葉だねえ。わたしはあんまり飲めんけど、オカネ婆さんは十年前にゃ一升ばあのみました、もし誰ぞが只で飲ましたら。』『オカネ婆さんは誰の子やね。やっぱり、へんろうか。』『それやわかりませんよ。オカネ婆さんのその前にをつた婆さんも、やっぱりここな宿に泊つたお客の棄てて行った嬰児が、ここで年をとつてお婆さんになりました。その前にゐたお婆さんもやつぱり同じやうな身の上ぢやつたといふことです。おまけにこの家では、みんな嬰児の親のことは知らせんことになつちよります。代々さういふしきたりになつちよります。どうせ昔は、宿帳ぢあいふものはありませざツつらう。棄て児の産みの親の名はわからんわけですきに、いまに親の名や人相は、子供らあに知らせんことになつちよります』」

要するに遍路宿でお遍路さんが子どもを捨てていって、その人たちがずっと生きている宿屋で、男の子は物心がついたら親を探しにどこかに行ってしまうけど、女の子はここで育てられたお礼に最初から後家だと思って結婚せずにずっといる。そういうおばあさんがいっぱいいる。そうやって一夜を過ごして、朝目覚めると女の子は小学校に行っている。本当にただそれだけのことなんだけど、不思議な雰囲気があって、これは名作で、実によくお遍路さんの世界のイメージを描いていると思います。

「死の練習問題」をするための旅

立松　お遍路さんの姿というのは手甲に脚絆《きゃはん》、経帷子《きょうかたびら》、頭陀《ずた》袋で、経帷子の後ろには「南無遍照金剛」と書いてあります。遍照金剛は弘法大師のお名前ですね。いつも弘法大師と一緒に歩いているというので「同行二人《どうぎょうににん》」と書いて旅をするわけです。

でも、この姿は死装束です。これに非常に大切な意味があります。つまり旅は空間を歩いてやがては死の世界に入っていきますが、いま意識して死の世界に入っていこうというのが四国八十八カ所巡りです。四国という名前が、まさに「死の国」を連想させます。

この間テレビで、八十八カ所の寺の和尚さんに「死国」と言ったらムッとしたような顔をされたけど、意味がないわけではないと思います。それは悪いことではないんです。端的に言ってしまうと、生きている間に死の練習問題をする。そういうことがあるわけです。だれだって死というものは避けたいです。でも避けられないんですよ。不老長寿は人類の究極の夢ですが、それは無理で人間は必ず死ぬんです。だからできることなら元気なときに死の練習問題をしておけば、いざというときに楽じゃないですか。そういう気持ちがあるのかなと僕は最近思うようになった。

――死ぬことが身近なことになってきますね。

立松　なぜならば人生は旅だからです。この世を旅してきて、あの世に旅をするでしょう。それが死の実態ですね。だったらシミュレーションとして疑似的に死の世界をつくっておいて、それを旅して、「ああ、こういうものだ」と思うことがあってもいい。旅ならば死も楽です。

別の空間に旅するという死のイメージ

――死とはどんなものか、とくに現代人は知りたがっているんじゃないでしょうか。

立松　何年か前に立花隆さんが盛んに臨死体験をテーマに本を書かれたり、テレビでもやっていましたが、だいたい臨死体験というのはこの世から歩いていくんですすね。そうするときれいな光があって、きれいな音楽が聞こえてくる。いろいろなことがあって、またこの世に戻るわけです。

僕の田舎のほうでは魂を呼ぶ「たま呼ばわり」という民俗行事がありました。いまはもうないけど、たとえばその家のお父さんが死にそうなときに長男が草屋根にのぼって、かやを開けて親父に「行くなあ。帰ってこ〜い。行くなあ。帰ってこ〜い」と一晩呼ばわるんです。大変だけど、民俗学の本を読むと昔はこれをやらなくちゃいけないとされていたようです。

弘法大師●774〜835年。真言宗の開祖、空海のこと。四国の讃岐に生まれ、奈良の大学に入学後、山野で修行。31歳のとき、留学生として最澄とともに唐に渡る。真言密教を中国から伝来し、高野山を密教修行の道場として開創。土木、建築、医療、教育、学芸などあらゆる分野で才能を発揮した。書も名高い。さまざまな伝承で民衆に広く親しまれ、とりわけ四国に多く残された大師の足跡を結んで参拝する四国八十八カ所の巡礼「四国遍路」が生まれた。

親父がこの世から去って、きれいな音楽が聞こえる、きれいな光の満ちたところまで行った。そうしたら後ろから息子の「親父、行くな。帰ってこい」という声が聞こえたので帰ってきてしまった。こういう臨死体験の例がいくつも残っている。つまり臨死体験は別の空間に行くというふうになっているわけです。

消滅ではない。わからないですよ。だれだってわからない。それは人間の希望なのかもしれませんが、だいたい臨死体験というのは向こう側の別の空間に行くことになっています。たとえば仏教の来世は阿弥陀浄土、観音浄土、薬師浄土、霊山浄土と浄土にもいろいろなものがありますが、浄土というのは来世の世界を表していても空間であり、そういう場所ですね。つまり別の場所があって、そこに旅をするというイメージになっている。

――四国の遍路も向かう先は同じですか？

立松　四国八十八カ所の旅は、一つずつスタンプをもらっていくスタンプラリーでしょう（笑）。あれはまったくスタンプラリーです。ちょっと歴史が違うだけで、いまのＪＲの駅にあって押すものとなんら変わりはないですよ。これをつくった人は本当に頭がいい。弘法大師がつくったわけではないですが、弘法大師の流れの人がつくったんでしょうね。

旅をするというのはいろいろな要素が入っています。たとえば井伏さんの『へんろう宿』には人生が描かれています。どういう状態で子どもができたのかはわかりません。お遍路さん同士で恋愛してしまったのかもしれないし、やむにやまれぬ交わりがあったのかもしれない。あるいは夫婦で旅行していたのかもしれないけど、にっちもさっちもいかなくなって子どもを捨てた。

だけど、それを受け止める制度があった。公的な制度じゃないけれども、社会の中でへんろう宿に捨てればいいということになって、そこに捨てていく。絶対的に人間を捨てるのではなくて、最終的に拾うシステムがあったわけです。

「パッケージ・ツアー」にも求める何かがある

――いま、四国の巡礼や「百名山」に人気があり、とくに中高年層が押し寄せています。

立松　いまは情報化時代で、一昨年ぐらいだったか、北海道・日高の幌尻岳に登ったんです。こ

百名山●作家であり登山家だった深田久弥（ふかだきゅうや　1903〜1971年）が、自ら登った山のなかから品格、歴史、個性などで厳選した百の山のこと。その著書や、百名山を紹介したテレビ番組の影響もあり、百名山を踏破することがブームになった。

れは「日本百名山」のひとつです。下に幌尻山荘という山小屋があって、そこで寝ようと思ったら、入れないどころじゃなくて庭にテントも張れない状態だった。幌尻岳はものすごい数の登山者ですが、隣の山に行くとだれもいない(笑)。隣といってもいいカムイエクウチカウシ山は厳しいけれども登るにいい山で、どっちがいいとはいえないのに、だれもいないんですね。情報化時代で百名山に殺到するからです。四国八十八カ所もはっきりいってそういう傾向はあります。

でも、きっかけが欲しいんです。別に八十八カ所を巡らなくてもお寺はあるし、百名山じゃなくても山はあるんですが、そういうふうにして歩き方を教えてくれる。それに乗っていくというパッケージの旅のかたちですね。

いまはツアーが発達して、旅の専門家がつくったコースをパッケージにして売るでしょう。非常に安易といえば安易だけれども、四国八十八カ所の巡礼も同様に体を動かすためのいろいろなパッケージがあるわけです。たとえばバスで行くとか、タクシーに乗っていくとか、いろいろなかたちがあるんだけど、本来は歩いていくのが正しいやり方ですね。でも自信がないというので、お金を出して人に案内してもらうというかたちになっている。

百名山も厳しいところはツアーになっているんですよ。重い荷物やキャンプ用品はツアーのガイドが担いでいってくれるというように、わりと商業主義的に整備されているわけです。

百名山というのは深田久弥が個人的に選んだ百の山ですから、別にオフィシャルではないんです。でも普通の日常生活をしていると実際に検証するのは無理だから、この百がいいと教えて区分けしてくれると旅がしやすくなってくる。安易といえば安易です。でも、そういうものに乗りながら何かを求めているんじゃないですか。

求めるものが深くなっている現代の旅

――参加することによって癒されるものがあるということなんでしょうか。

立松　そうでしょうね。百名山で百を達成するとか。四国の巡礼は最後に高野山に行くから八十八プラスワンかな。あれはスタンプラリーで、そういうふうに行き方を教えてくれると行きやすいんだけど、そういう方法論的なことは多いんじゃないですか。その根底には行きたいという気持ちがあるのですね。

本来は「講」なんですよ。積み立て。村の人がみんなで積み立てをして代表者を派遣するというのが昔の講で、富士講とかさっきいった伊勢講はそういうふうになっているんです。いまはみんな豊かになっているから、人のために積み立てるというのはちょっと考えにくくなっているけれども、昔は村で一人しか行く財力がないとか、二人しか行けないというので、代参として村の代表が行ったんです。

いまは心のままに正直に動ける。ただの物見遊山の旅ではおもしろくなくて、もっと求めるものが深いんですよ。ただ現実に癒すという言葉をいわれても、何をどうしたいのかわからない。癒すって、なんだかよくわからないから。

だけど八十八カ所を巡ると、発願、発心、修行、菩提と四つに分かれていて、一つずつ修行が完成したと教えてくれる。いわばチャート式で、受験でずっとやってきたようなものを当てはめているんだと僕は思います。昔からあったものだけど、ここのところ非常に盛んになってきたのはわかりやすさがあるからですね。

——高齢社会になって、第2のステージで新しい生きがいを求めようという動きとうまくダブッているように見えます。

立松　四国八十八カ所巡りは現場に行くと年配の方ばかりでもなくて、千差万別です。失恋したとかリストラにあって巡っている人は多いし、歩き遍路をしているのは若い人が多いですね。体力の問題があるので圧倒的に若い人です。

定年になってしまったとか、人生の区切りのときは旅をしたいんです。たとえば世界一周クルーズの船にも部分的に乗ったことがあるけど、定年で区切りがついたから世界一周の船に乗るということは普通にありますよ。だから日常生活が破れて変わろうとするときには旅をしようという気持ちになるんですね。

巡礼の巧みなシステムがある

――でもその旅と信仰心とは縁遠いような気がします。

立松　それは千差万別としかいいようがないですね。四国八十八カ所巡りは本当に弘法大師を信仰している人しか回っていないかというとそうでもなく、基本的には旅をしたい人が回るんでしょうね。何度も何度も回る一種の自家中毒的な人もいますし、何回行ったというのが自慢になる世界もありますから。

富士講●江戸中期、農民、職人、商人たちが「講」という結社をつくって富士山に参拝した信仰のこと。修験道、弥勒信仰などを習合した神道系の教義をもち、富士吉田から北口本宮富士浅間神社に参拝し、富士登山へとおもむいた。また市中に築いた富士塚に参詣したりもした。

これは苦行です。歩いて、歩いて、一歩ずつかみしめながら修行している。ただ旅をしている人もいるし、仏様を見てしまう人もいるだろうし、弘法大師と同じような行をしているという自覚のもとにやっている人もいるでしょうね。

だけど「信仰心に基づいて」と言ってしまうと、100％そういうかたちにはなっていないと思いますよ。それは、いつでもそうでしょう。

――聖地巡礼は、たとえばキリスト教やイスラムの世界にもありますね。

立松　そういわれても、よくわからないよ（笑）。それは遠くから見ればすごい信仰心でしょう。でも中に入るとそうでもない。メッカ巡礼とかすごい信仰心だと思うけど、ごく普通にあることですから。物見遊山の部分もたくさんあるから、そういう人間の欲望とか夢を組織していったところに巧みさがあるんです。

たとえば伊勢講にも富士講にも御師というのがいます。要するに旅行を勧誘する人で、まことに巧みに勧誘するんです。たとえば日常生活で苦しんでいるお嫁さんのところに突然、伊勢神宮のお札が降ってきたといって、それで「ええじゃないか」という御蔭参りをするわけです。じゃあその札は本当に天から降ってきたのかというと、突き詰めていけばだれかが張っているんです。だけどそれは人間の心の中の問題であって、天から降ってこようが、だれかから手渡されようが、そこに舞い込んできたという考え方ですね。

みんないつもそういう瞬間を待っているんじゃないですか。いまの時代を生きていて満たされている人はいないと思いますよ。だから旅に出る機会を伺って、伺っていく。

もう一つは、たとえば「温泉旅行に行く」と言うと、遊びにいくというので反対されるんですね。ところが昔から「八十八カ所の信仰の旅に出る」と言えば、えらく尊敬されるわけ。その人に信仰心があるかないかじゃなくて、行くということだけで、あることになる。そういう巡礼の巧みな旅へのいざないというのがありますよ。

昔と変わらないことは、たぶんいまもあると思います。相対的には昔のほうが信仰心が強かったと思うけど、神仏に身をささげている人ばかりじゃなくて、実際は適当な奴のほうが多かったでしょう。

歩くことが瞑想につながる

——巡礼自体が目的であれば、バスで行っても歩いて行ってもお寺参りという意味では変わらないと見ていいのでしょうか。

立松　それは違います。お寺に行って般若心経を読んでお札を納めるというかたちを取りながら、四国全体を道場として見ているから、歩くことも全部修行です。たぶん歩き遍路が全体的に正しいかたちで、歩いて一歩一歩瞑想しつつ、経行《きんひん》しつつ、心のリハビリと体のリハビリをしながら行くのが正しいんですね。だからバスで行くのはやむを得ない代替参みたいなものだと思います。何割ぐらい歩く遍路をしているのかよくわかりませんが、少なくはないですよ。

——歩き遍路に若い人が多いというのはおもしろいですね。

立松　肉体が元気だというのは宝ですよ。行は精神的なものだけではないですから。最終的には精神的なものに行くんだけど、座禅だって足が痛い。中国の天童寺というお寺は道元禅師が修行したお寺です。そこで座禅をさせてもらったら、最初は普通の永平寺あたりの1炷の感覚だったけど2回目がものすごく長いんです。太くて大きいお線香だったみたいで、1時間半ぐらいかかって、足がしびれて汗が出てきました。それは本当の昔ながらの座禅でお線香が1本燃える間やるんですが、天童寺には禅堂の横に経行所があって、細長い渡り廊下みたいなところで、一歩一歩瞑想しながら座禅をしていきます。歩く座禅です。歩くのは瞑想なんですね。

僕はわりと山に行きますが、山を歩いているといろいろなことを考えます。これもいい瞑想なんです。山歩きというのは深い気持ちになれて、苦しいときも、雨が降って情けないような状況のときも、頭だけは瞑想にふけって、いい時間を過ごしたなと思うことがしばしばです。そもそも歩くことは瞑想です。いろいろなことを考える。悩み、苦しみも瞑想することによっていつか解決の出口が見える。悩むうちに腹も決まってくるでしょう。そういうことによって何か自分自身で苦しみから突き抜けることができるというのがあるんでしょうね。

巡礼は「リハビリ道場」でもある

立松　四国八十八カ所の巡礼は厳しくて、俗に「50歳の人は50日、70歳の人は70日、それだけあれば十分に歩ける。それがだいたいの見当だ」という言い方をしますが、その間歩き続けて瞑想すれば、座禅をずっとしているのと同じことですね。心が静まってきます。

それからお寺に行くと、よく松葉づえが奉納してあります。何番だったか、あるお寺には下に車がついていて棒でこぎながら行く、足が悪い人が乗る車が奉納されていて、どうして奉納されたかという由来が書いてあります。ある青年がその車をイヌに引かせてお寺に来た。お寺に入ったときにウサギが飛び出してきたので、イヌがウサギを追いかけて走ったら車が転んでほうり出された。そのお遍路さんは「こらっ」とイヌを怒鳴った。気がついたら自分の足で立っていたというんですね。直っちゃったんです。それで車を奉納したと書いてあります。

松葉づえとかいわゆる補助器具がたくさん奉納されているのは、本当に直ってしまうからです。あんなリハビリはないですよ。病院では同じところを行ったり来たりしているだけでしょう(笑)。

でも行かなくちゃ着かないんですから。歩くというのは最高の健康法です。内臓が少しぐらい悪くても健康になるんでしょうね。最近の宿坊ではトンカツとか出るらしいけど、昔は精進料理で、これも健康にいい。トンカツは出てもいまでも比較的粗食で、そういう食事をしながら体を使っていくと、まさに八十八カ所の道場というように健康になるんです。なかなかつらく厳しいけれど、あれほどの健康道場はないような気がします。

四季折々の風景の中を巡っていくから当然旅の楽しみもある。でもさっきから言っているように、四国八十八カ所は快楽の旅ではないです。人生を深く考える旅です。

あらゆるところに仏がいる

立松　たとえば仏教の根本的な認識の中に、「偏界曾《へんかいかつ》て蔵《かく》さず」ということがあります。つまり真理は何も隠されていないということです。これは道元の認識だけど、弘法大師もそういう認識があって、至るところに仏がいると。「扁照金剛《へんじょうこんごう》」という弘法大師の号の「扁照」とは、あまねく照らすという意味です。「草木国土悉皆《しっかい》成仏」とか「悉有《しつう》仏性」とか言うけど、あらゆるところに仏がいるという認識は、たとえば仏は仏壇の中にいるとかお寺の中にいるという世界観とは違うわけです。どこにでもいる。あらゆるところにいる。何も隠されていない。法華経も明らかにそういう思想ですね。

これはどういうことかというと、たとえば仏教の祈りをするのにお寺に行かなければできないということではないんです。どこにでもあるんだから、どこでもいい。山河でも、自分の部屋でも、どこにでも自分の修行する場所はある。だから料理をつくったり草むしりをするのも全部修行なんです。

僕は毎月20枚ずつ道元を書いていて、この行いは完全に修行だと思っています。そういう仏教の、わりと広範にみんながなんとなく認識している世界、仏はどこにでもいる世界というのは、やっぱり人を外に導き出しますね。仏は至るところに、どこにでもいるんだから。自然の中に入るとそういう感覚が研ぎ澄まされていくことが多いから、巡礼に行くのはどこにでもいる仏に会いに行こうという感じかな。

四国八十八カ所は弘法大師が修行した霊場巡りですから、根本はそういう聖地巡礼だと思いますね。あとからつけたところも多いと思うけど、室戸とか足摺とか主だったところは、完全に弘法大師が行を積んだところで、弘法大師の記憶を巡っているんです。

旅をする側は行くための口実が必要なんです。たとえば「尾瀬に行くよ」と言ったときと「四国でも歩くか」と言ったときは、僕は精神性そのものはそんなに変わらないと思う。ただ時代的にも、「尾瀬に行く」というより「四国に行く」というほうが言いやすかった。だけど神仏はどこにでもいて、尾瀬にだっているし、東京にもいるんだから。

四国のお遍路の旅は決して快楽の旅じゃないですからね。苦しいし、質素です。たとえばさっき言った伊勢の古市というところには、精進落としといって遊郭がダーッと並んでいる。たぶん最高の慰めは芝居と遊郭で、女性なら芝居は見られても遊郭はちょっと行くところじゃないけど、ごちそうを食べる。そういう享楽、快楽と背中合わせの旅は普通の俗の旅ですね。

四国の場合は、あまりそういう快楽は感じない。ほとんどないんじゃないですか。ただひたすら山河を巡っていく本来の仏教のお坊さんの行に近いと思います。

——伊勢の場合はお参りに来た人から金を巻き上げようという発想が見え隠れしているような気がしますが、四国の場合はそれがなくて、逆に行き倒れになりそうな人たちを受け入れようという気持ちとか精神性があるような気がします。

立松　長い年月でそうなって来たんでしょう。伊勢にも勝海舟のお父さんの勝小吉の自伝に有名な話があります。家出をして伊勢の御蔭参りに参加した。だけどお金も何もない。そうしたら、だれかがヒシャクをくれて「ヒシャクがあれば伊勢まで行って帰ってこられる」と言う。ヒシャクでもらって歩くんです。御蔭参りはぼったくりというほどでもないと思いますけど。何もない人たちがそれでも伊勢参りをして帰ってくるんですから、根本的には布施の精神があったわけです。

「むさぼらず、へつらわない」お接待の心

立松　四国の尼寺で、尼さんに伺った話ですが、昔は夕方になると子どもがお寺にやってきてお遍路さんを客引きしたというんです。たとえば「今日は3人お世話しよう」と親が言うと、子どもがお遍路さんを3人キャッチしてくる。お金を取るとかそういうことじゃなくて、「お接待」です。今日は3人お世話しようと決めたら、3人キャッチして家に連れていってお接待をする。それも物置に寝かせるんじゃありません。客間でいちばんいい布団に寝かせて、家族と同じものを食べさせて、夜はいろいろお話ししたり楽しく過ごして、朝早く送っていく。何を求めるでもない。ただ、それだけのことです。

お接待というのは、見返りを求めない布施なんです。いまはさすがに客引きまではしないようだけど、時にはあるかもしれませんね。

お接待というのは善根を積むという因果応報ですから、よいことをすれば必ずよい報いがある、仏さんに向かって善を積むという発想です。中には商売をしている人もいるかもしれません。それはよくわからないけど、本当の純粋なお接待と、そうでもないお接待があるようだという話はどんな世界でもそうですね。でも基本的には無償の、だれにもへつらわない布施です。

道元の『正法眼蔵』に「菩提薩埵四摂法《ししょうぼう》」、布施とは何かという一章があって、布施とはむさぼらないことである、へつらわないことであるといっています。だれにもへつらわない自分と仏さんの関係ですから、お接待はもらうほうもへつらわないし、あげるほうもへつらわない。

いまどきの接待はちょっと怪しくて、接待したから公共工事を回してもらおうとか(笑)、銀座のクラブに連れていったからお礼をどうしようとか、ノーパンシャブシャブという言葉も出てきましたね。そういうふうにいまの接待は必ず見返りを求めようとするでしょう。でも本来の接待は仏さんとの純粋な関係です。

「まれびと」を求める精神性

立松　これはまれびと論だと僕は思うんだけど、控えめに、控えめに、自分のいろいろな悩みを抱え、苦しみを持ち、みんな行く先々でトントンとたたいて四国のお遍路道を歩いているわけですよ。ただ健康になりたいために歩いている人もいるかもしれないし、それは人さまざまです。その全部を受け入れるのがお遍路道だと思うけれども、お遍路さんがトントンとたたくのは戸をたたくのと一緒です。

そのたたかれた戸を開けるのがお接待の気持ちです。お接待するほうは非常なリスクを持ちます。だって泥棒かもしれない。だけど交通というのはそういうかたちでしか開かれないんですね。お遍路道に沿って遠くのいろいろな地方の文化が残っています。焼き物とか薬の名産がたくさん残っているのはお遍路さんの伝えたもので、これはたぶんお礼でしょうね。お世話になったお

まれびと●民俗学の用語で客人（マラウド）のこと。時を定めて他界（異郷）から訪れ、人々に祝福を与えて去る霊的存在のことで、これにまつわる民俗儀礼、古典、神話が日本には数多くある。折口信夫は、ある共同体から排除されて遍歴・放浪していた人が、偶然立ち寄った共同体で聖なる存在として迎えられたと考え、まれびとを日本人の神概念の原型とした。

礼に焼き物の技法を教えていったり、薬草のつくり方とか新しい野菜の種を残していく。そういうお遍路文化の花が咲くのは、まれびとを受け入れていったからですね。

まれびとは受け入れなければいけない。僕は沖縄の島のサトウキビ畑で働いたことがありますが、島の人は旅人を受け入れる気持ちが非常に強い。島では1年半かけてサトウキビを育てて、一気に刈り取るためには一度にたくさんの労働力が必要です。そのためには他所からの力を借りなければいけない。いわば旅人の、まれびとの力を借りなければいけないので、援農隊などたくさんの人を一気に受け入れていくんです。

僕は与那国島というところで3カ月間働いたことがあります。、これは非常に厳しい労働だった。与那国島には「スンカニ節」という歌があります。歌詞は「与那国島ぬ情《なさぎ》、いくとばど情《なさぎ》、命《ぬて》ぬあるあいや、とやいしやびら」と言って、なんのことかわからないと思いますが、「与那国の情け、言い交わす言葉の情け、命のある間は便りをいたしましょう」という意味です。3番は「与那国のとけや、池《いき》ぬ水心《みじくくる》、心やしやしと渡ていもり」で、とけやというのは渡海《とけ》です。「与那国への渡海は池の水の心ですよ、心やすしと渡ってきてください」ということです。

でも、はっきりいってこれは事実ではない。本当は黒潮の厳しい海だけど、池の水ですよ、どうぞみんな来てくださいという心を歌っている歌なんです。旅に誘《いざな》い、旅人を求めている歌ですね。やはりお接待の気持ちで、そういうところからも同じ精神性を感じます。

お遍路といっても、その瞬間は迎えるほうと行くほうにはっきり分かれるけれども、次には逆転するんです。東京から出ていって四国でお遍路をした人が、四国から東京に遊びに来た人に逆の立場で出会うかもしれないし、人間というのは固定していなくて常に変転しているんですね。諸行無常だから変わっていくわけです。

死ににくる巡礼もある

立松　この間も札所の初めのほうの和尚さんと話していたんですが、八十八カ所巡ったら高野山に行く前にお礼参りといってさらに4～5カ寺回ります。もう1回来て余韻を楽しむんでしょうか。終わるのが寂しくて、八十八カ寺の中にもう少しいたいという気持ちなんでしょうね。
お礼参りをして、それで帰るのかと思ったら、昔のお遍路さんにはまた回る人があったんだそうです。そして、だんだんみすぼらしくなっていく。つまり帰るところのない人がけっこういたといいます。いわば死ににに来た。強烈な言い方だけど、まさに他界としての八十八カ所巡りというのがあったということです。

四国八十八カ所は本当に優しいシステムだなと僕は思うけど、お金のない人が善根宿、お寺の縁の下に泊まっても別に追い出さない。いまは知りませんが、昔は追い出さなかった。「いまは知らない」というのは皮肉みたいに聞こえるけれども、深い意味があって言っているわけではないんです。だけど、乞食《こつじき》のお遍路さんは当然いるわけです。そしていつか倒れます。

そうするとどこで倒れたかというのが問題になって、八十八カ所のお寺のそれぞれの境界線があって、こっちで倒れたらこっちのお寺のもので、お弔いをしてあげる。どこのお寺も裏に行くと遍路墓がたくさんあります。本当に石碑がいっぱいあって、名前のわかっている人もわかっていない人もいます。江戸時代あたりのものが多いんですが、明治以降もけっこうあります。これはその人の最期を引き受けてあげよう、粗末にしないでお弔いを出してあげようという、本当に優しく受け入れていく世界だと思うんです。こういう世界は他にないでしょうね。

定年後、どう生きようかとみんなが悩んでいる

立松　お接待の心のその根底にはだれでも旅をしたいという気持ちがあって、日常生活を破りたいという気持ちが非常に強いんじゃないですか。だから人間は日常生活を破るいろいろな方法を

考えるんです。人間というのは、いつも同じ時間が流れるのは耐えられない。昨日も、今日も、明日も同じだと耐えられない。だから少し時間の流れを変えたいと思うんです。

最近出版社の僕の担当者と酒を飲んだんだけど、彼はちょうど60歳で、『道元』という本をつくってくれて、それが最後の仕事で定年なんです。一般的に60歳で定年になると不安だけど、新しい時間を生きられるという楽しみでもある。昔は50歳で終わりだから、もう一つの新しい人生はなかったけど、いまは長命の時代になったからそれがあるんだね。しかも60歳で会社が終わりだったら、後の人生は元気で長いんですよ。

これをどうするかというのは大きな問題で、定年までが最初の人生だとしたら、もう一つ折り返しにどうするかをみんな悩んでいる。楽しみでもあるけれども苦しみでもある。そういうものと四国の旅のかたちがうまく乗ってきたような感じがしますね。

いまの時代は出発するまでに情報を集めてから行く。昔はそういうことはなくて、とにかく行っちゃったんでしょうね。

四国八十八カ所はブームになったけど、これは旅行するかたちとしてはいちばん安いと思います。ただ歩いていて、僧坊に泊まっても2食ついて民宿くらいの値段だし、お寺に泊まれば朝のお勤めまでついているし、お坊さんのお説教まである。

バブル崩壊で物質的な享楽の限界を知った

——先ほどの百名山の話と動機としては似通ったところがあると見ていいんでしょうか。

立松 そう思います。百名山も巡礼ですね。

——一方で豪華ツアーもありますが、そちらのほうが話題になってきているのはなぜですか。

立松 飽きたんだと思うよ。おなかがいっぱいになって、ごちそうを食べてもおいしくない。おいしいというのは肉体と食べる料理との相対関係で、体が病気だったらいくら豪華な料理だっておいしくないでしょう。それから昔はたとえば赤飯を炊いただけですごく豪華だったのが、いまは食べようと思えばいつでも食べられるし、ハレの料理というのはないですよ。

お正月のおせち料理だって、僕らが子どものころはたまらなく豪華だったけど、いまは3日間同じものが出るからすぐ飽きちゃう。やっぱり相対的に贅沢になって、むさぼるようになってきましたね。もう明らかにそうなっています。北海道に行ってカニを食べたり、どこかに行ってエビを食べても、一口ぐらいはおいしくても嫌になって飽きてしまう。人間の味覚とはそういうものです。どんな豪華なものでも3回続けて食べたらもう嫌ですよ。バブル経済を通ってきて、みんな物質的な享楽の限界を知ったんだと思います。

もっと本当に心が満たされるようなもの。それが何かというのは一言で言えない難しさがあるけど、特に年配の人たちはそういうことを考えているんじゃないかと思います。その一つのかたちが四国八十八カ所の巡礼の旅でしょうね。ただ旅をしてもつまらないというか、風景を見ても飽きるんです。だから精神性がない旅はおもしろくない。僕はいつも「そこに暮らしている人の心の中に映る風景を見にいく」という言い方をするんだけど、いまは心の飢えが深いんじゃないですか。精神的な渇望というか。

国破れて山河あり

――それは日本人なり日本の戦後の価値観が変わってきたことが大きいのですか。

立松　価値観もゆっくり動いてきた。数日前にアーカイブスというＮＨＫの番組にゲスト出演したんです。正確には忘れたけど、４畳半に８人ぐらいで生活するアパートの話で、国の機関が一人あたり何畳だったら正常かという数字を出すためのドキュメンタリーだったんです。子どもがバカバカできちゃって、８人ぐらいいる。本当にあきれ返るばかりの現実なんだけど、僕が子どものころ親が必死で建てた家もそんな感じでした。

僕の親父は満州から引揚げてきたんです。親父は関東軍の兵士で、母も満州引揚者で帰ってきたら宇都宮で空襲にあったり、僕の親の世代は青春を戦争に取られたような人生ですよ。それで戦争が終わって、働けば働いた分だけ自分のものになる時代になったんです。

父親は関東軍の下級兵士でした。ソ連軍に、その頃はコサック兵といったけれども、武装解除になって北のほうに向かって行軍させられるんです。そのときに軍靴が非常に粗悪品で、足に釘が出て当たって、もう歩けないと思っていたら、ちょうど奉天の駅に同じ村出身の兵隊がいた。靴を整理していたから「靴をちょうだい」と言ったら投げてくれて、喜んだら両方とも右だった。それで歩けないで脱走したというんだね。

そのへんのリアリティーはいろいろあるんでしょうが、本当に命からがら帰ってくるわけです。1年後の10月に故郷に帰るんですが、そのときは「国破れて山河あり」という風景だったと思うのね。

父は死にましたが、この間母に「うちの親父が帰ってきたときは何も持っていなかっただろう」と言ったら怒られて、「うちのお父ちゃんは毛布を持ってきた」と言うんだね。毛布1枚持って帰ってきたらしいんだけど、栄養失調でやせて頭がデカかった。そういう状態で帰ってきた。僕の父親にしたら「国破れて山河あり」で、麗しの山河があるから山河に戻ろうとしているわけです。

その山河は故郷の山や河であり、故郷で待っている女房も山河でしょうね。たとえばその山河は掘れば水が出てくる大地です。それから種をまけば芽が出る。川に行けば魚がいる。いわゆる豊かな自然環境で、そういうところに戻ってくれば生きられるわけです。

正直で、愚直で、無名な親たちがこの国をつくった

立松　親父の実家は農家で、うちの父は三男坊なので宇都宮駅前でモーターの再生屋をやって戦後の復興の礎をやっていたわけ。焼けたモーターをだれかが拾って闇市に売るんでしょう。それを買ってきて、直して、農家の用水、脱穀、町工場の動力にする。そうやって働いて、僕もその光景はかすかに覚えていますよ。グリースのにおいとか、モーターが回転する音とか、鉄床に金

引揚げ●敗戦時、中国大陸や朝鮮半島をはじめとするアジア・太平洋各地に残された日本人は約650万人といわれる。約350万人が武装解除された軍人で、残りは女性・子どもを含む民間人だった。引揚げの混乱で多くの日本人孤児が海外にとり残された。その一方で、日本国内に強制連行されていた朝鮮・中国・台湾などの約140万人が故国へ帰る引揚げもあった。

づちが当たって火花が出る音がかすかな記憶として残っていて、その記憶の点を結んでいくと絵が出てくるんです。

いまもあるかどうか知らないけど、僕らが子どものころ幼児教材で、点がバラバラっと散らばっていて、番号順になぞっていくとキリンとかゾウが出てくるものがあったでしょう。僕はあんな感じで小説を書きます。それが僕の幼児体験を小説にする作業です。

そうするとある風景が出てきて、そのときに感じるのは、この国は山河が非常に豊かだということです。そういう本来豊かなところに海外で兵士にさせられていた人たちがドッと復員してきた。要するに豊かな麗しい山河に勤勉な働き手が帰ってきて、それでこの国をつくったんですよ。だから僕の親も本当に正直で、愚直で、無名で、もどかしくなるぐらい実直な生き方をしていますね。僕らの親の世代はそうなんです。だから僕は、若いときはたくさん反発したけど親たちが好きです。

僕の記憶だと僕が3歳のときにようやく家を建てて、その家が6畳ひと間です。いまもお袋は宇都宮に住んでいますが、弟が生まれて6畳ひと間に4人で生活していたから一人1・5畳ですか。僕の原風景はそういう感じなんですよ。

4畳半に6人の暮らし

立松　アーカイブスの番組に戻るけど、木の実ナナという女優は僕より二つ上で、彼女と話していて僕が「6畳に4人でいた。どうだ、狭いだろう」と自慢したら「4畳半で6人で生活していた」と言われて完全に負けたわけ。

彼女は「いいことがいっぱいあった。家族がすごく強い絆で結ばれていた」という言い方をするんです。彼女が子どもだったからだろうけど「おばあちゃんが隣に寝ていて、寝返りが打てなくて、寝返りが打てる家に住むのが夢だった。でも、おかげで姿勢がよくなりました」と。たしかにあの人はスラッとしていて姿勢がいい。楽しい貧乏というのはありますね。

4畳半に6人で暮らすのは息が詰まるし、あんな窮屈な生活はもうできないと思うけど、それなりに喜びを見つける力はあったような気がするね。僕だって6畳に4人で暮らして、子どもだったから別にどうってこともなかったけど布団だって2組しかなくて、僕はお袋と寝て、弟が親父と寝て、それが当たり前で一人で寝たいなんて思わなかった。

そういう原風景があって、それは自慢でも、その逆の卑下でもなくて、通ってきた道なんだからしようがないことです。貧しさというものの記憶が根底にあるんですよ。ただ、貧しい時代には精神的な共同性みたいなものがあった。いまはなんでも食べられるし全然貧しくないですね。100円ショップでいろいろモノを買っている根底的な貧しさというのはあるんだけど、飯も食えないようなことはないですから。

だからいまは非常にバランスが悪いんです。昭和30年代の4畳半に何人もいるときもバランスは悪いんですが、物質のバランスが悪いときに精神でバランスを取ることを一生懸命していた。そういう力の働き方があったわけです。ところがいまは物質的に恵まれてきてしまって、精神とどのようにバランスを取るのかというのがまことに難しい。

――いまの立松さんのお話を理解できるのは40~50代の世代ぐらいまでなのかなという気がします。いまは必ず自分の部屋が欲しいという感覚ですから。貧しくてもとにかく一生懸命働くという記憶は、それ以降の世代には伝わらないでしょうね。

立松　バカバカしいと思うでしょう。

必死で精神のバランスをとろうとする本能

――四国巡礼も、自分の中の原風景なり山河を求めていくという気持ちがあるような気がします。

立松　そうかもしれないね。山河と出会いたい。それはたとえばグランドキャニオンみたいな山河じゃなくて、菜の花が咲いていて、田んぼがあって、小川がチョロチョロ流れていて、たまに吉野川みたいな大河があったり、いわゆる日常にあるような消えかけている風景なんだけど、そういうささやかな風景、ささやかな光の中に戻っていきたいという希望があるのかもしれないね。

足摺岬に行けばそれなりの雄大な風景はありますが、四国の八十八カ所の巡礼コースには観光地はあまりないんですよ。

――どちらかというと生活圏の中をずっと移動していく旅ですね。

立松　生活している人の中をお接待を受けながら通りすぎていく旅です。非常に日常的な旅だけど、お遍路さんは完全に非日常を生きている。だから日常の隣にある非日常というのがお遍路さんの位置だと思うけど、お遍路さんの服を脱げば普通に戻る、その微妙さというのがおもしろいね。

たとえば今度は10日間しか時間がないからといって、背広を着て来て、そこから巡礼になって、荷物は宅配便で家に送って、10日間の巡礼ができるんです。それこそ定年にでもならないと一気に回る時間はないから、こまめに回る人は多いと思います。

みんな必死で精神のバランスを取ろうとしているんじゃないですか。そういう本能というか趨勢になるんですよ。物質文明の中を走り続けていって、この先どこに行ったらよいのか希望がなくなったんですね。

地球温暖化問題もけっこうシビアですよ。二酸化炭素排出量なんて考えなくてもふだんは過ぎていくんだけど、考え始めたら人類の未来は絶望的な話になるね。みんなそれをわかっていても、あまり考えないようにしているわけです。

ただ全体から見れば個人に責任はないという感じで過ぎていっても、個人の生き方は個人が責任を取らないといけないし、だれも面倒を見てくれるわけじゃない。だから個人のバランスを取ろうとして、たとえば定年になったらどうやってシフトチェンジをしようかという感じになっている人が多いように思いますね。だけどシフトチェンジは急にやろうとしてもできない。

身の丈に合わせて生きる

「知床ジャーニー」をつくった理由

――大きく見るとあまりにも絶望的な、否定的なことが多すぎるから、自分の中でバランスを取り戻すしかないということでしょうか。

立松 否定的なことをもっといいます。このまま行ったらどうなるかみんなわかっている。地球の許容量といまの人間の活動はアンバランスでしょう。海に行ってもいまは魚がとれなくて漁獲量が激減しているんです。

何年か前に知床の羅臼でスケソウダラの漁に行ったのです。その3～4年前に行ったときはものすごく捕れて、悲しくなるぐらい、もうやめてくれというぐらい船の中がスケソウダラでいっぱいになったのに、そのときは全然とれなくて船頭がコックピットでカウンターを指で押して数えているんです。大掛かりな設備なのに、トロ箱でいくつもとれない。もう枯渇しているんだね。いまはそういう漁場が多いんです。

オホーツクのサケ・マスは、いろいろコントロールしているからそんなに漁獲量は減らないんだけど、値段が激安になっていて、何年か前も瞬間風速がキロ7円。これではどうしようもない。イクラがキロ3000円ぐらいするんだけど、一匹まるごとでは7円なんですよ。

原因は、一つは魚離れ、サケ離れと、あとは輸入です。パタゴニアとか、チリとか、本来南半球にサケ・マスはいなかったのに養殖しているわけです。そこからどんどん輸入して価格が暴落している。それから海が傷んだ原因は乱獲と、源流の山が傷んでいることもありますね。川が傷んでいる。森が傷んでいる。畑のほうは残留農薬、化学肥料でくたくたになっていて土壌汚染が進行している。

自然を守りたいというのはすごく俗っぽい言い方だけど、海や山がいつまでもそのままであってほしいと思うのは自然の感情でしょう。大地もそうだけど、このまま残しておくためにはどうしたらいいかというと、市民運動とかそういうものよりも第1次産業を守っていくしかないんです。そのためにいろいろ考えて知床ジャーニーをつくった。

暮らしている海、山を再評価する

立松　知床ジャーニーは、農園をつくるはずだったのが有限会社になってしまったんだけど、農業法人というのはいろいろな義務が多くて、税務上の問題もあって、制度的に大変なんです。そういう手続きをしたいためにやっているわけじゃないんだから。山に登ったり、海に潜ったり、釣りをしたり、そういう遊びをやっていて、僕はすでに農業をやっている友だちに「究極のアウトドアは農園だぞ」と言ったりして、結局そうだということになって、知床ジャーニーという生産団体をつくったんです。

キロ7円では漁業はできないから、なんとかもっと高く売る方法を考えようと、サケの香草じめとか、サケのフレークとか、イクラの醤油漬けとか、いろいろな加工品もつくっているんです。やはり山河を守るためには第1次産業をちゃんとしなくてはいけない。山河で人が生活できなくてはいけない。そんなことをいっても天下国家としての山河を守る力もないし、それは無意味です。自分の仲間だけの世界で、手の届く範囲でしかできないから。それでいま楽しいんですね。有機栽培をして知床のホテルに野菜を納める。朝注文を受けたら昼過ぎぐらいに収穫して届けるシステムをつくっています。知床に来るお客さんに対するもてなしは地元のものを食べさせることだと思いますよ。

みんなでそういうふうに持っていって、もう一度自分たちの暮らしている海、山を再評価しよう、これを大切にしようということを知床でやっているんです。親父が「国破れて山河あり」という気持ちで戻ってきたときの山河のありがたさは、われわれにはわかりにくい。だけど、そこのところが基本かなと思っています。

確かなものこそ普遍的

立松　知床ジャーニーは本当に小さな、3人ぐらいの農家の仲間とやっているに過ぎないんだけど、いつかビールをつくりたいと思って。これはたぶん金がないからできないだろうけれども、ビールをつくったらおつまみが欲しいでしょう。ポテトチップスはつくっているから今度はビートチップスもつくりたい。シャケジャーキーとかチーズもつくりたい。酪農家とネットワークを結んで、それができないかと思ってね。

これは僕の老後の楽しみです。この間帯広に行って、チーズづくりで有名な人と友だちになって、協力してくれるという話になったりしながら、自分たちの山河をつくっていこうということです。それは実においしい世界です。お金が儲かるという感じでは全然なくて出資しているだけの話だけど、そうやりながら何か楽しんで、遊びながら仲間たちと精神的にもよりよい生活ができるという気持ちがあって知床ジャーニーをやっているんです。

正直言って、あまり大きいことは考えていない。結果的に世の中のためになるかもしれないけれども、知床ジャーニーは公的な場所ではなくて、まったく私的な狭い世界です。だけどそれが普遍化できるように努力していくというのかな。公的な役所じゃないわれわれがやるのは、抽象的な広いことじゃなくて具体的な狭いことのほうがいい。

触れられるもの。確かなもの。そして自分の体に合ったもの。それは知床でつくづく思っているんです。あんまり大きなことよりも僕の親しい仲間がいい生活ができることが大切で、そのために僕にできることがあるから。

耕作放棄地をソバの花で埋める

立松　知床ジャーニーも、離農地が多くて空いている土地があるから、最初はソバをつくろうと言ったんです。離農地を考えていくと日本の農業の構造の問題、世界の貿易の問題と、問題は限りなく果てしもなく拡大して深まってきます。でも目の前に耕作放棄地がある。これらの問題を思考として展開していくより、ここにソバをまこうという発想だね。ソバは花もきれいだし、うまい。だけど最初はつくるのに失敗したんです。

九州の椎葉村というところでは焼き畑をやっています。畑に火を入れて、まだくすぶっているときにソバの種をまく。そうすると75日目の晩飯にソバがきが食べられる。「75日だぞ」と言って、みんなもソバをつくったことがなかったし、僕も真に受けていたら、当たり前だけど知床のほうが寒いんだね（笑）。

それでちゃんと収穫できないうちに寒くなってしまって失敗したんです。2年目は成功した。ソバ畑を10ヘクタールつくって、すごくきれいで、匂いもよくて。種をまくというので、僕もそれに合わせて飛行機に乗って知床まで行ったら「立松さん、ちょっとそこで休んでいて」と言う。「ばかいうな。おれは種まきに来たんだぞ」と言ったけど、もう機械農業だから手出しができない。だから中途半端に手出しをするより彼らができる環境を整えてやろうという気持ちになったんですね。

夢がどんどんふくらんでくる

ソバも相当取りました。10ヘクタールというのは広いよ。ソバの種を売ったらほとんど赤字で、粉にしたら経費が出るぐらいで、麺に行くまで加工しないとだめなんです。近くの女満別というところに水車小屋で粉を挽いているおじいちゃんがいて、最初にそこへ持っていったら「こんなにたくさんできない」と断られて、帯広の製粉工場に持っていったら、今度は「これっぱかりか」とバカにされた（笑）。

あまり値段が安いので何年間かソバをつくるのをやめたんだけど、今年からまた10ヘクタールつくり出しました。遊休地があって、捨てた農地がいっぱいあって、いろいろ夢はあるんです。

たとえば友人が群馬で知的障害者の授産施設をやっていて、そこでうどんをつくっているので、知床でもソバで何かできないかと思っているんです。授産施設はいま仕事がなくてピーナッツの袋詰めみたいなことをやっているけど、それよりはピーナッツをつくったほうがはるかに労働の喜びがあるわけですね。

設備も何もないしスタッフもいないからできないけど、ソバづくりをしてもらって、できたらそこで乾麺づくりまでできないか。これは夢です。でも、そういうネットワークもつくりたいと思っていて、いままでやっていないことを知床で思いつきでやっているんです。

トマトもつくり始めた。それはビートの苗を出したあとのハウスが余っているので彼らがつくり始めたもので、すごくおいしいトマトができます。それもホテルの食材です。もちろんわれわれも食べるけど、売りやすい。

そういうふうに山河をもう一度発見しながら小さなコミュニティーをつくっているんですが、それは確かなものですよ。天下国家のほんの一細胞にもならないのかもしれないけど、そういうやり方は楽しいね。だから、どこまでもつかわからないけど老後の楽しみにしたいなと思っているんです。

「減反」の風景から考えたこと

——確かな山河やコミュニティーを守ろうという発想は、立松さんの生まれた栃木の原風景や原体験、あるいは各地を放浪した中からでてきたのでしょうか。

立松　旅をしていても崩壊していく風景はたくさんあるでしょう。崩壊していく自然もそうですね。農業は自然じゃないといえば自然ではないんです。原生林とは違うから、それはわかり切ったことです。そんなものを守る必要はないという人さえいるんだけど、僕はそこに自然の摂理が働いている以上、農地もいまは自然と見なすべきだと思う。そこで人は摂理にあった暮らしをしなければいけないと思います。

たとえば減反になって、田んぼの風景が完璧じゃないというのは心が痛いのね。じゃあおまえがやればいいじゃないかというと、そういう問題じゃない。なんでもささやかにしかできないけど、ある酪農の青年を応援していてね。これはＮＨＫの真面目なテレビ番組で扱っているのですが、ある青年が25歳で過疎の村に帰ってきたんです。

その村は高齢社会になっていて、一人若者が帰ってきただけで祭りが復活して、消防団が復活して、血が流れるように生き生きとしてくる。若者は大変ですね。何もできない。コンピューター技師だったのが急に酪農をやりたいということで、みんなが一生懸命教えるわけ。牛が5〜6頭しかいないのを50頭ぐらいに規模を拡大していく夢を持って、補助金を申請して実際に牛舎もつくった。だけど、農村には本当にシビアな問題があって、たとえば減反政策で田んぼの4割は米がつくれないんです。こんなバカな話はない。

減反の田んぼにあえて米をつくる

立松　この間もインド人と話していて日本の農業の話になったんだけど、政府の方針で4割自主的に米をつくらないということが説明できないんだよ。インドはすごい米の輸出国になったんだけど、インド人に減反政策を説明するのはまことに困難だね。日本は米を輸入している。アメリカから安い米が入ってくる。日本で全部できるのに4割も減反している。そこのギャップがどう

減反●1970年代からはじまった、国による強制的なコメの生産調整のこと。現在では、減反してもコメの供給過剰は改善されず、価格が下落する矛盾が指摘されており、自主減反の方針を打ち出す自治体もある。財政的にも、コメの需給調整政策としても行き詰まっており、主業農家からの評判も悪いため、農水省も廃止に向けて動き始めている。

にも説明できない

――つくらない人に補助金を出そうという世界ですから。

立松　それは意欲の問題もある。そこでこの間その青年と一緒にやったのは、とにかく米をつくろうということです。ただしお父さんが農協の人なので4割減反は守らなくてはいけない。それを守るというのがその人の気持ちだから、それはいいんです。こっちはそこまで言えないので、米をつくるけれども糊熟期という米ができる直前に青刈りして、それを牛の飼料にする。僕はこれを全国でやるべきだと思うんですよ。

いまの飼料作物はほとんど輸入で、それが狂牛病の問題になってくるんだけど、「日本の自給率を高める」とか言ってどんどん下がっているわけです。生乳は輸出入禁止だから牛乳は100%国産品です。だけど餌はほとんど輸入だから、その輸入品を食べた牛が出した牛乳が国産だというのは僕はおかしいと思う。その一方で4割も減反をしている。

それはコストの問題もあるんだけど、そういうものをちゃんと是正するのは政治だね。一人、二人の話だったらできるけど、それを僕らがやってもできないから、提案として米をつくろうと。景色を守ろうというのは生産しようということだし、減反政策で田んぼに草が生えている農村風景は嫌だから。

いまは減反でも景観作物といって、コスモスなんかを蒔くと景観がいいからと高い補助金が出るんです。よけいに減反をPRしているみたいなものだけど、そうじゃなくて本当に米をつくるべきだ。飼料作物は安いけど、安くつくる方法もあるので、コシヒカリとかそんなものじゃなくて野性的なもの、いっぱいわらがあって、米もいっぱい実るようなもの。まずくても牛は関係ないですから。そういうアイデアをみんなで出し合わないとだめになってきたから「減反の田んぼに米をつくろう」と言いたいんだね。

たとえば右翼の諸君に、どこかの汚い飲み屋とかマスコミのテレビ局に行ってワーワー言っていないで、日本の山河を守るために米をつくろうとぜひ提案したい。僕は民族主義者ではないけれども、この国を愛しているし、この国の山河を愛しているから、やっぱりできることをやるべきだと思うね。

狂牛病●牛海綿状脳症(BSE)。1986年にイギリスで見つかった牛の病気で、脳が縮みスポンジのように穴があく。人に感染すると、痴呆症の一種で死にいたる新変異型クロイツフェルト・ヤコブ病を引き起こすといわれている。わが国では2001年9月、千葉県で狂牛病の疑いのある牛が肉骨粉に加工されていたという騒動がおき、農水省は肉骨粉の牛への給餌を法規制で禁止した。

いつでも回帰できる「心の農園」がある

――「究極のアウトドアライフだ」という知床のお話ですが、それによって立松さん自身が心豊かになれるとか、精神のバランスが取れる、あるいはお父さんの体験を含めて山河に対するいとおしみがそこから発見できるということがあるのでしょうか。

立松　それはありますね。山河とともにある生き方が見えてくるというか。たとえば田んぼで働くというのはなかなか体験できないけど楽しいんです。僕は楽しいわけ。「だったら、おまえは米づくりをずっとやればいいじゃないか」と言うかもしれないけど、僕が本当にやりたいのは小説を書くことです。しかし、とにかく日本の山河を守るためにはなんでもやろうと思っているから、米をつくることもすごく大切だと思います。

だから帰るところというか、いる場所づくりでもあるんでしょうね。そういう小さなコミュニティーみたいなものがいまはいちばん大切だと思います。そのことが崩壊しているんですよ。本来帰る場所としてあるのは家族だけど、家族こそ解体してしまって、これはなかなか難しい。世代が違えば考えていることは全然違うから、親と子が一緒に何かをやるのもいまはとても困難です。だけどそういう痛みは時代の痛みとして、われわれは受けていかなくてはいけない。

たとえば農園というと、囲いがあってフェンスのこっち側が農園というイメージがある。でも知床ジャーニーでは「心の農園だから、そういうのはやめよう」と。みんな50ヘクタールぐらいの農地を持っているからすさまじい広さです。そういう仲間の土地はみんな農園と考える。遊休農地もいっぱいあるんだから、足りなければ借りればいい。それは自由自在にできるわけです。「知床ジャーニーをつくりました」と言うと、みんなに「どこにあるんですか」と聞かれるんだけど、「ここ」というものじゃないんだね。

みんな発想の貧しさがあります。もっと精神的な、伸縮自在の、あるのかないのかわからない虚空みたいなものも農園なんです。僕はそう思いたい。農業法人の認可を取れば土地を取得できるけど、そうしたら永遠にその土地を耕さないといけないでしょう。知床ジャーニーはもっと自由だから、ここの仕事はすごく楽しいね。「大地を守る会」にもモノを入れたり、最近は四国とか遠くの生協からも引き合いがきたりしていますよ。

大地を守る会●無添加オーガニック食品を産地から会員に直接届ける宅配サービスを中心に、持続可能な第一次産業の発展と、生活の安全を守ることを目的に1975年に設立された消費者団体。農業、食料、環境問題に関して幅広い活動を展開し、アジアの農民やNPOとも連携して国際的なネットワークづくりをすすめている。

——知床ジャーニーの名産はなんですか。

立松　単価が高いのは魚の製品です。農産物は都会まで持ってくる費用が高くて、カボチャ1個持ってきても赤字です。だからサケのフレークとか、サケの香草じめとか、イクラの醤油漬けとか。これは当たり前のものだけど、あとは番屋で漁師が漬けている「山漬け」というもので、コンクリートの上にサケを山のように積んで、それに塩をかけて新巻きにするんです。

すごくハンディキャップのある場所でやっているから輸送費が高くて、下手すると中身より高い。だからあまり大きな商売をしているわけじゃなくて、ささやかなものです。最近ようやく赤字体質から脱却したような感じだけど、自嘲的に笑えるぐらいたいしたことないのです。

——そこでは仲間同士の気のおけない関係みたいなものもできているんですね。

立松　そういう信頼関係で、それをコミュニティーといっています。でもベースは家族です。実働部隊は若い連中がいて、僕はああやれ、こうやれと言ったり、あとは東京とつないだりしているだけ。そうしないと現状の日本では都市から遠いその場所は疎外され続けてしまう。たとえば、ここでこんなふうに話せば、知床に一瞬でも光があたるわけです。

——若い方というのはどのぐらいですか。

立松　30代と40代の初めぐらい。知床の農業者はみんな元気でね。知床の普段の農業は、三作というジャガイモと小麦とビートの三つの作物を転がしていく大規模農業です。これは機械と薬の農業だね。だから最初に大地を守る会に品物を入れるときにも、こんなことがあったんです。夏はシソがたくさんできる。グラニュー糖も名産だからシソを砂糖漬けにしておいて、冬、流水が来て暇だからそれでジュースをつくった。そうしたら、非常においしいとみんなが言うわけ。みんなが知床まで来て「これを大地の会で売る」と言い始めて第1号の製品にしようとした。だけどグラニュー糖は精製糖だから有機栽培ではない。結局自分たちでつくっている砂糖を使えないことがわかって、それはだめになったんだけど、本当に試行錯誤ですよ。

――黒字になるまでに何年ぐらいかかったのですか。

立松　何年目だろう。いま7年目ぐらい。でも給料がない黒字だからね（笑）。

これは商売を優先に考えている人から見ると遊びでしょう。だけど根底では山河を守っていこうという気持ちでやっているんです。

中国で見た「退耕還林」プロジェクトの凄まじさ

――山河を守ろうというバックボーンに、海外での体験や見聞がありますか。

立松　いつも海外と対比して考えているわけではないのですが、いろいろなものを見てきました。テレビ局がいろいろなことを見せてくれるので僕にはすごい情報量があるんだけど、最近は原稿書きで忙しくて比較的旅行をしていない。けれども、春に中国の四川省に行ったんですね。

ここで「退耕還林（耕すのをやめて林にかえそう）」という大プロジェクトをやっています。山の木を切りすぎて長江源流域がものすごく荒廃したんです。それこそ社会主義建設で山のてっぺんまでだんだん畑に開拓して、見事といえば見事な光景です。今年も長江は氾濫しているようだけど、要するに山に保水力がない。だから雨が降るたびに砂がドーッと出て、山のほうの村は砂浸しで、橋が川の砂で埋まってしまう。ダムになって危険です。

それでいま、畑に木を植えている。果樹を植えているところが多いんだけど、植えないよりはいいという感じです。要するに食糧生産していた畑を森にかえしているわけ。山に木がないから、そうしないと山河の生理現象がパニック状態なんだね。本気で環境を戻そうとしていることには、やっぱり感銘を受けました。

退耕還林のプロジェクトは中国政府は本気ですね。現場では地方政府がやっていますが、中央政府の指導です。昔は社会主義建設で食糧基地をつくるのに苦労して開墾してきたけれども、最終的には日本の国土ぐらいの面積の畑をつぶして森に還すんじゃないだろうか。

――文革で下放した人たちが駆り出されて耕した畑ですね。

立松　いや、毛沢東の時代よりずっと前から続けられてきたのです。退耕還林の政策は山の民族が下に下りてきて、田んぼをもらったり、家をもらったり、まったく違う生活をはじめなければならない。これは人間の生態系を破壊するような事業だね。4千年だか何千年だかの営みの結果そうなってきた。社会主義建設が始まってから加速度がついて、ある民族が山のほうに行く命令を受けてそこで開拓したということも普通にあったようです。

最近見たもっとも凄まじい風景だね。土砂だって半端な量じゃない。川の水をみても長江は土砂が流れているようなものだから、素人考えでも三峡ダムは大丈夫かなと思います。それがだめだから源流に木を植えているのでしょうが、それを実行したところがすごい。

僕は話を聞いて、偏見で「退耕還林は嘘だろう、できるはずがない」と思っていたんです。だけど行ったら実際にやっていた。思うようには進まないみたいだけど、それでもやっていたね。

下放●中国の文化大革命期に、都市部の知識層や学生を強制的に農村に移住させた政策のこと。「農民に学べ」のスローガンのもと、移動させられた青年の数は5年間に1700万人とも2、3000万人ともいわれている。短期間にこれだけの人口移動があったことは歴史上他に類を見ない。

足尾のはげ山に緑を育てる

――人間の営みが、逆に人間を脅かしてしまう。中国の例にくらべると日本はまだまだですか。

立松　よくわからないけど、僕がやっていることを言うと、たとえば足尾のはげ山はすさまじいですね。最近はずいぶん注目が集まるようになってきたけど、そのはげ山に木を植える運動をもう8年ぐらいやっています。足尾は僕の母方の里で、子どものころ夏はずっと足尾で暮らしたから僕には故郷なんです。

心に木を植えようという運動だけど、これは地元では完全に定着して、毎年650人ぐらい来てくれます。木を植えるというのは気持ちがいい。実際の木の他に心の中にもう一本植えている感じがするね。植えた木もずいぶん育って、この夏に行ったら、がけの斜面のところなんかやぶみたいになっていて、いいなと思っています。

「足尾に緑を育てる会」というのをつくって、毎年3000本植えています。その呼びかけは「苗を持ってきてください」「土を持ってきてください」「スコップやくわを持ってきてください」「カッパを持ってきてください」「お弁当を持ってきてください」「来た人全員から1000円いただきます」というもので、みんな1000円払ってくれるんです。パンフレット1枚つくるにもお金がかかるから。

　老若男女が毎年増えてきて、みんなが植えてくれるんだけど、山のがけの反対側、谷の反対側に行って見ると、広い山の中で象のおなかに絆創膏を貼ったみたいな感じでね。僕は「小錦の背中にバンドエイドを貼ったみたい」と表現しているけど、あんなに汗をかいて植えてもその程度です。１２０年ぐらいかかって壊したので「そのぐらいやれば直るんじゃないの？」とかいいかげんなことを言ったけれども、全然そんなものじゃない。だから絶望的になって止めるのではなくて、そこからやるんだという考え方です。これは「貧者の一灯」であると。

「貧者の一灯」の精神で持続する

立松　どういうことかというと、みんなお釈迦様にいろいろなものを布施したい。ビンビサーラ王は竹林精舎というお寺と大きな土地を「ここで修行してください」と寄付する。大金持ちはお祭りの日にお釈迦様を万灯で明々と飾り立てる。貧しいおばあさんは何もない。でもお釈迦様に対する気持ちを表したくて、ローソクを１本お釈迦様にささげる。その晩風が吹いて、大金持ちが人を金で雇ってつけさせた１万本の灯明は全部吹き消えて、一つだけ残った。それが貧しいおばあさんのあげた灯火だった。こういう説話です。

われわれは貧者の一灯しかなくて、大きなことを言ってもやっていることは貧者の一灯にすぎない。しかし、その一灯が貴重なんです。だから一つの灯火を灯し続ける。その代わりしつこくやる。毎年、毎年やる。この気持ちがなかったら何もできない。自分では大きなことをやっているつもりでも、たいしたことはしていないですよ。

話しながらなんだか驕りみたいな気持ちも感じるけど、実際に貧者の一灯なんです。それを意識するのがいいのか悪いのかもわからないけど、僕はみんなに話す機会が多いから「貧者の一灯だぞ。これで何かをやったと思ったらいけない」と言っています。

——続けなければいけない。

立松　やり続けなくてはいけないけれども、大きなことをしたと思ってもいけないと。

近々、また知床へ行く予定です。開拓地で100平米運動をやっているところがあります。開拓に失敗したところです。戦後厳しい条件の奥地に入っていて、鹿がたくさんいるところでね。開拓というのは木を切ることだから、畑にバッタが発生したりして開拓に失敗して、離農した広大な荒地が残りました。そこに木を植えています。今度そこに木を植えに行くんだけど、これはナショナルトラスト運動を町がやっているんです。

田中正造の教えを実践する

――足尾にはどういう人がいらっしゃるんですか。

立松　これは実を言うと古い仲間が核になっているんです。もう30年ぐらい前の話ですが、僕は宇都宮の市役所で働いていたころに「谷中村強制破壊を考える会」という勉強会に参加したんです。『鉱毒悲歌』という映画もつくってね。金がなくて、フィルムを買っては撮って、ただラッシュをつないだ長い映画だけど、いまから見るといい記録で僕も若い頃の姿がちょっと出ているんです。その谷中村強制破壊を考える会の仲間が足尾鉱毒事件の記録を収集保管するための「わたらせ協会」をつくり、ほかにもいろいろなグループがあり、「足尾に緑を育てる会」はそのへんの市

谷中村●現在の栃木県藤岡町。足尾銅山の鉱毒事件で渡良瀬川流域の田畑が荒廃し、利根川との合流地点だったこの村が政府によって強制収容され、遊水池となった。その悲劇は荒畑寒村の『谷中村滅亡史』に詳しい。

田中正造●（たなか しょうぞう　1841〜1913年）栃木県会議員に当選後、自由民権運動家として活躍。その後衆議院議員となり、足尾銅山の鉱毒問題に取り組む。たびたび政府に質問書を提出したが事態は好転せず、明治34年にこの問題を明治天皇に直訴しようとして失敗。代議士辞職後は、谷中村を守るために村民とともに闘ったが、貧窮のなかで病死した。

民団体が大同団結してつくった。

なぜそんなことをしたかというと、田中正造の教えがあってね。田中正造はずっと農民の側について、国会議員の地位も投げうって明治天皇に直訴した人で、「治山治水」という考えがあるんです。帝国議会で「江戸時代には木を植えて、植えて、植えまくった。これでもかというぐらい植えてきた。だけど明治になってから切ってばかりだ」と演説しているのです。

洪水が出て鉱毒がふりまかれるから、いちばん下のところに遊水池をつくって洪水を防ごうというのが渡良瀬遊水池です。明治政府は谷中村を強制的に破壊して遊水池をつくろうとした。そのときの足尾鉱毒事件反対演説で、田中正造は「治水には治山だ。源流域がはげ山になっていれば、いくら堤防をつくっても、遊水池はだめだ」と主張した。

田中正造は足尾銅山操業停止と源流域の保全を訴えた。結局彼はできなかったんだけど、いまの時代を生きているわれわれが源流域の保全をしよう、治山治水をしようという考え方で木を植える。とにかく木を植えるのが治山治水である、という考えで植え続けている。だから田中正造の教えを実現していこうということですね。

——趣旨に賛同して全国から集まってきているのでしょうか。

立松　全国といえるかどうかわかりませんが、熊本のほうからも来ています。この夏のイベントのときには粘土団子で緑化活動をしている福岡正信さんも突然来たな。
だけどそんなに深刻にやっているわけじゃなくて、遊びながら楽しくやっているんです。知床ジャーニーも楽しくて、遊んで、酒を飲んで、ワーワー言って「今度ポテトチップスつくろうぜ」とかやっている。足尾もそうですよ。すごく楽しい。

法隆寺から始まった「古事の森」

――大言壮語ではなく、自分の等身大のところできっちりやっていこうというのが立松さんの流儀ですか。

立松 あんまりきっちりでもないけど、苦しみながらじゃなくて、楽しんで、遊びながらやっていこうと。
もう一つ始めたプロジェクトが「古事の森」というものです。それは法隆寺でずっと行をしていて、毎年お正月に小坊主をやって、このお寺は遠い将来どうなるのかなと考えたんですよ。いままで法隆寺が残ってきた理由は絶えざるメンテナンスをやり続けてきたからです。金堂の扉はヒノキの1枚板ですごい材料を使っているんだけど、あんな材料はもうないでしょうね。

絶えざるメンテナンスで、大工さんが見回って、ちょっと悪いところがあったらそこを直す。もう修理の跡だらけで、それはすさまじい。柱はパッチワークのように木を埋めて修理してある。100年に一度ぐらいは床を張り替えたり、雨漏りの修理をしたり、そういう修理をする。300年か400年に一度は大修理といって、金堂の解体修理をしたり、五重塔の心柱を取り替えたりする。昭和の大修理が終わって今度は400年後にするのだけど、いま五重塔の心柱を取り替えようといっても材がない。直径1メートル以上の大径木は、材に使えるものは日本にはもうほとんどないのです。スギはあるけど、五重塔をつくっても、もって400年といいます。法隆寺はもう1400年で、ヒノキじゃないとだめなんです。

あとは適地適木といって、関東はケヤキとか、関西はクスノキとか、そういうのはあるけどスギはだめです。住宅をつくるには別にいいけれども、世界文化遺産の1000年後のことを想定したら、だめなんです。

僕は日本の山を歩いて知っているけれども、本当に荒廃していて、「第1次産業を守ろう」などといってもやっぱりいちばん厳しいのは林業ですよ。いま大径木をつくっておかないと欲しいときに古寺の補修さえできない。もちろん建築もできない。神社仏閣や橋やお城や木造文化の根底を支える森をつくらないと、未来に何も残らないと思ったんです。

これも一人でできるわけはなくて、僕は足尾でずっと木を植えていたから人間関係があるんです。あのへんの営林署の所長をしていた林野庁の人に言ったらすぐ動いてくれて、長官に話が通ったら「やろう」ということになって、すぐにやってしまった。それが２００１年の10月ぐらいかな。年が明けたころには場所が選定されていて、京都は木造文化の中心地だから鞍馬の山でやろうということになりました。

あそこは北山杉の山地で、土壌がいいらしいのですね。専門家じゃないとわからないけど、どこでもいいわけじゃなくて樹が４００年育つ土壌というのがあるのだそうです。それで4月に古事の森第1号を植えたんです。

――伊勢神宮は独自に森を管理していますね。

立松　そういうシステムを持っているのは伊勢神宮だけじゃない？　さすがたいしたものだよね。神宮備林といって木曽にあるんです。20年に一度遷宮をするための森を伊勢神宮自らがつくっている。材を取るための森としては、神宮備林がおそらく日本でいちばんいいんじゃないかと言われています。

古事の森は全国で10カ所つくることが決定しました。第1号を京都につくったので、関東の古事の森とか、それを全国に増やしていく。もちろん宗教の精神の入れ物だけど、国が動いた場合には文化財としかいいようがないんだね。でもそんなことはどっちでもいい。文化財を守るためのもの、神社仏閣、橋やお城の木造文化を守るための森をつくることを始めました。

直径1メートル以上の大径木をつくるのが目的で、最低で200年後に切る。400年ぐらいはもたせたい。だけど、こんなことをやっていると楽しいですよ。別にギャラをくれるわけじゃないし、全部持ち出しです。でも1年に何度でもないし、みんな盛り上がるし。今度足尾の連中とドッキングするんです。知床も足尾の連中がいっぱい来るけど、遠いから「来い」と言えなくて。「飛行機代を出してやるから来い」と言えばいいんだけど、こっちも金がないから「自分で払いなさい」という世界です。

お坊さんたちと不思議な縁がある

――法隆寺の修正会に小坊主で行くようになった動機はどんなことなのですか。

立松　一つひとつ突き詰めて、原因があって、結果があって動き出すということではありません。なんとなくフワフワ動いているんだけど、たとえば修正会は自分が勉強したいからです。だけど現実にはその前に人間関係がないと、そういうことは成立しない。

法隆寺に行きたいと勝手に思っても、はっきり言って受け入れてもらえないでしょう。僕はお坊さんたちと縁があって「来ないか」と言われたから、その言葉にしたがって、素直に行ったんです。それで正月に1週間だけ法隆寺に入っていって、古事の森も法隆寺をベースに発想しています。いまはあちこちのお寺を直しているけど、どこかをベースに発想しないとできないです。僕は日本の農業を守るなんて大それたことは言えないけど、北海道のだれだれさんちの畑を守ろうというのだったら言える。そういう感じです。

法隆寺は世界的なお寺だけど、小坊主で行をしているとその中での思いがあります。僕はいま『大法輪』という雑誌に聖徳太子の小説を連載していますが、それは自然に書きたくなるわけです。

道元の場合は、出版社と永平寺の人がうちに来て「書け」と言ったんです。これは大変な仕事になる、できるかなと思った。でも毎月20枚ずつ書いて、今年の春ぐらいまでに44回終わりました。小説の中ではちょうど道元が身心脱落、大悟して、すでに800枚を超えているので、それで1冊にして出したばかりです。

曹洞宗大本山永平寺が出している『傘松』という機関誌に、今年が道元禅師750年大遠忌だから今年に向けて書こうと初めは思いました。大ざっぱに考えていくと26歳で大悟するまでかなと思って「青春の道元という感じで書きます」と申し上げたら、編集長の永平寺のお坊さんが「道元に越前まで来てもらわなければ困る」と言うんです。「それでは10年かかりますよ」と言ったら「やればいいじゃないか」と言われて、はじめました。今年で5年目になっています。

10～30年かけてテーマを追いかける

立松　道元を書くというのはわからないことばかりで大変なことですが、真面目にやっていたせいかなんとか書けましてね。それで歌舞伎をやるという話になって、「おまえが書け」ということになった。そう言われても歌舞伎の台本なんて、そんじょそこらでできるわけはない。それで『道元の月』に3年ぐらいかかったかな。この間公演前の記者会見で「小説家が歌舞伎を書くコツはなんですか」と聞かれて「10回書き直してもめげない心です」と言ったら受けたね（笑）。「名言だ」と言われたけど本当に10回書き直しました。こんなことは最近ないですよ。

歌舞伎座の人には「ひどいものを書いたら1カ月間地獄だ」と脅されたけど、たしかにそうです。台本ができないうちに公演の日程が決まる。役者は阪東三津五郎で行くと決定する。曹洞宗は切符を売り出す。僕は「台本はどうなるんでしょうね」と思ったけど、「それはおまえの仕事だろう」という世界ですね。非常に厳しかったけれども、役者とか舞台まわりの人は本当に一流です。

僕は主人公は道元と永平寺の周りの自然だと思っていたから、そこを見事に舞台に表現してくれた。お客さんもたくさん来て、役者もよくて、評価もまあまあよくて、よかったという世界ですね。

――10年ぐらいかけて一つのテーマを追いかけるというと、ライフワークそのものですね。

立松　僕はそんなものばかりですよ。足尾の『恩寵の谷』という作品も、新聞連載開始まで準備に30年近くかかっているんです。一族のこととか、生きていく過程の中で自然に調べるというので、あれは長大な時間がかかっています。

連合赤軍の『光の雨』も10年なんていうものじゃないですから。あれは本当に大変で、書いていて命が取られそうなときもあったけど、10年というのはごく普通です。そんなにかけないもののほうが多いけど、5年ぐらいなんて当たり前だね。

――長い時間をかけないとわからないということですか。

立松　サボっているから(笑)。そんなことを突き詰めて考えていると頭がおかしくなるよね。道元の場合はコツコツ20枚ずつ書くのが精一杯です。書くことが修行ですから、ちょうどいい。もうすぐ道元の修行が終わって中国から日本に着くんだけど、俗説はいくつかあっても、本当はいったいどこに着いたのかわからないんですよ(笑)。

――まだ日本に着いていないんですか。

立松　もうちょっとです。だけど着いてからどうなるのか。先のことは考えない。一歩歩いたらまた壁ですから。

水の流れをたどり、咲く花を追う

――道元を書いてくれと依頼されたということですが、立松さんのほうから積極的にやってみようと思われる動機があるのでしょうか。宗教とか、法隆寺もそうですが。

立松　根本的には中村元先生の本をずっと読み続けてきたことが大きいですね。小さいころにおばあちゃんとお寺に行ったりとか、そういうのはあるんだけど、思想として考え出したのは中村先生の影響が強い。

――学生時代ですか。

立松　そうです。インドを放浪したときに本を1冊持っていこうと思って、あんまり大きいのは嫌で文庫本を持っていったのです。そのときになぜか知らないけど岩波文庫の『ブッダのことば』をポケットに入れて、それしかないので何度も何度も読んだことが大きいですね。それはいままでも読んでいますから。

――インドとマッチしたということですか。

立松　インドともマッチしたかもしれないけど、それよりも自分の心ですね。大学もだんだんいる場所でもなくなってきたし、就職するのも嫌だし、結婚して子どももできたし、田舎に帰らなくちゃいけないかなと思っていた時期です。自分はどうやって生きていけばいいんだという青春によくあることです。

――学生結婚ですか。

立松　そうです。かみさんは学生じゃないけど。その頃にインド放浪して『ブッダのことば』を読んで胸に落ちてね。それが落ちたままで、若い頃に蒔いた種というか、因縁がだんだん出てくるんですよ。道元の言葉を借りれば、「水の流れをたどっていくうちに、咲く花を追っていくうち

中村 元●（なかむらはじめ　1912～1999年）インド哲学、仏教、比較思想史の国際的な権威。東大名誉教授で、73年に仏教哲学を研究するための私塾・東方学院を設立。77年に文化勲章を受賞した。専門的な研究のみならず仏教思想や仏典を一般にもわかりやすく解説。死や老いといった現代人が直面する問題にも積極的に発言した。『仏教語大辞典』は、難解な仏教語を現代語に置き換えた晩年の力作で約4万5000語を収録。

にここまできました」と。それは『正法眼蔵』にある言葉です。だから意識操作の中で来たわけじゃなくて、自然になんとなく導かれてきたのです。

でも縁もいっぱいありました。僕はなんで道元を書くのか自分でもわからないんです。それから、法隆寺の坊さんと知り合ったのも偶然です。「奈良仏教を勉強したいなら来たらいいでしょう」と言われて、そのときは別に奈良仏教について勉強したいと思っていなかったんだけど、これも縁かなと思って行って、とても親しくなって、それなりに勉強も始まって。

たとえば「南無の会」というのがあって、『ナーム』という雑誌に芭蕉のことを連載しています。「法華経について書いてくれ」と言われて、せっかくいただいた縁を断りたくないし、仕事としてできないかと考えて、法華経についてじゃなくて法華経そのものを書こうと思って。要するに翻訳というか、自分が読むために現代の言葉に全部直せないかと考えました。

「白い睡蓮はいかに咲くか」というタイトルで4年ぐらい書いたかな。『はじめて読む法華経─白い睡蓮はいかに咲くか』という題で本になりました。

──広告が出ていましたね。

立松　法華経をいまの言葉に直すのは大変だけど、それをやるとまた何かわかるんだね。あれこそ身読する、心で読む、身で読むという感じになる。法華経は日蓮ばかりじゃなくて、そもそも天台本覚思想で、道元もそうだし、聖徳太子が最初だから、心して読むのはすごくためになりました。だんだん深みに入っていくところがあって、物語りとしてもおもしろいんですよ。

中村元先生の『ブッダのことば』を読んで、法隆寺に行き出したことと道元を書き出したことが大きいですね。だから中村先生の本はほとんど目を通しています。中村先生の一周忌に東大の安田講堂で追悼の集会がありました。中村先生のそうそうたる弟子がいて、その先生方とゲスト二人がそれぞれ1時間ずつの講演をしたんです。ゲストが瀬戸内寂聴さんと僕で、「中村先生のことば、ブッダのことば」というタイトルで話したんだけど、やはり恩を感じますね。

物書きだから、いろいろな水を向けられるんですよ。『ブッダその人へ』は釈迦尊伝を書いてくれと言われて、じゃあ頑張って書くかという話になって、書くとまた身になる。そういうことは多いですね。結果的にはやりたいことしかやらないから、それが血肉になっていく。文筆業とはいい仕事だなと思います。

正法眼蔵●全95巻からなる曹洞宗の根本教典。道元32歳から54歳までの語録で、自らの宗教体験を述べ、座禅によって到達する悟りを説いたもの。正法眼蔵とは仏教の神髄のことで、この神髄に到達するには、ただひたすら座禅する(只管打坐)しかないとした。難解な禅関係の書のなかでもとりわけ難解といわれ、日本の思想界に大きな影響を与えた。

――深みにはまり込んだとは感じられませんか。

立松　深みならもっとですよ。でも望んで入っていったのだから出ようとも思わない。それは、やっぱりすごい豊かな世界です。もって瞑《めい》すべしです。

川で遊ばない子どもたち

――いまの日本人をどう見ますか。いまの状況は環境的にも精神的にも何を頼っていけばいいのかわからないということがありますね。

立松　これはけっこう根が深くて、このごろよく頼まれて川ガキの話をするんだけど、子どもが変わったでしょう。自分たちの子どものころといまの子どもは全然違う。本質的に変わったのは一つには遊びです。はっきり言って今の子は遊ばないね。それで僕は「ニッポン川ガキは絶滅危惧種だ」と言って歩いて、吉野川で仲間たちがやっている川ガキ養成講座に参加しているんです。

要するにわれわれが子どものころは川ガキで、川で遊んでいた。夏休み前は学校が終わったらランドセルを家の中にぶち投げて、自転車で川に行って遊んだ。魚釣りをした。お袋の縫い箱から糸を盗んで、古い電池の皮をむいて鉛を取って重りにして道具をつくったでしょう。いまは環境問題がややこしくなったけど、昔はそんなことはないからね。

それで川に入って、底の石を裏返しにしてチョロムシやカワムシを採って餌にして釣りをやったけど、いまはそんなことはしない。それから川の流れが激しく変わるようなところでも泳いで、魚が目の前に見えたり、よく男の子同士でケンカもしたね。ガキ大将がいて「おい、やれ」と言って、河原でケンカして、石で相手を殴りつけたら最低だと言われた。パンチもナックルブローは卑怯だと言われて、要するにネコパンチでね。これはすごい音がして手が痛いわりに相手はダメージがない。ちょっと鼻血が出たら「もうやめろ」と言って、殴り殴られる痛みも勉強したね。

ガキ大将はけっこう正しい仕切りをやっていて、絶好のタイミングで「もうやめろ」とか言って、川で遊びながら暴力に対する心構えとか、殴ったらどの程度痛いかとか、そういう男の子の社会性を学んできた。川で遊ぶことによって自然に対する感受性を磨き、自然に対する力を磨き、小さな社会性を磨く。


吉野川●建設省が既存の第十堰では大洪水のさいに破損の恐れがあると、総工費約1030億円の新しい堰の建設を計画。それに対して、生態系を破壊するものとして住民による反対運動がおこり、2000年1月に計画の賛否を問う住民投票が行われた。その結果、国の可動堰化計画に反対する票が総数の90%以上となり、住民側は中山建設相に白紙撤回を求めた。

たとえば川岸にトマトがなっていて、あれを食べたいと思う。早い話が泥棒をするんだけど、畑のいちばん外側になっている真っ赤に熟れた、いまにも落ちそうなトマトを2個だけならいいとか、勝手に決める。あんまり取ると逃げるのが遅くなるから両手に1個ずつつかんで逃げるんだけど、真っ赤に熟れたものは実際問題として商品価値がないから、盗られるほうのこともおもんばかります。それは泥棒の理だね。そういうガキの文化があったと思うんです。

そうやって川で遊ぶことによっていろいろ学んできた。これはテストの点数とは関係なくて、むしろ悪くなる類いのものだけど、川で遊ぶ子どもたち同士がつくっていく文化があるんです。

絶滅危惧種「川ガキ」を養成する

立松　僕が「川ガキは絶滅危惧種」だと言いつづけていることも少しは力になって、野田知佑校長が吉野川で立ち上げた。「川の学校・川ガキ養成講座」と言うんだけど、去年行ってきて、何もできない子どもに釣りを教えることの困難性をしみじみと感じたね。針はこう結んで、糸はこうやってと、もう嫌になるくらい。10人ぐらいいると大変です。餌を取ったはいいけど虫がつかめないとか。僕は教育者というのは本当に偉いと思ったけど、子どもはそこまで我慢して持っていってやると生き生きと遊ぶんです。

われわれはこういうことを自然にこなしていたんだね。年上の子が教えて、楽しく遊びながらけっこう学んでいた。だけど日本川ガキは絶滅危惧種になりました。その理由は生息環境がなくなったからです。川の水が汚れて遊べなくなったことが大きいのと、危険だからと大人が川で遊ぶことを許さなくなったことです。だれが責任を取るんだと言われてもだれも取れない。逆に責任の取りようもない。これはだれも責任を取らなくてよくて、自分の責任でやるべきなんですが、管理責任とかややこしいことを言い始めて何もできなくなってくる。そして川ガキが絶滅してしまう。この影響は甚大です。

川遊びの楽しさ、喜び、川の豊かさを知らなければ、川が汚れようと、曲がった川をコンクリートで固めて真っすぐにしようと平気です。行政官の中には曲がったことの嫌いな人がけっこう多いんだね。感受性がなくなってしまって、そういうふうに壊しても痛くもなんともない人が増えてきたことは、僕は根底的に子どもの遊びから来ていると思う。自然破壊とかいって歯の浮くような話になってしまうんだけど、根底はガキが泥んこになって遊ぶような世界が消えたことが大きいと思います。川ガキ絶滅の悪い影響です。

川ガキ養成講座はスタッフが30人にガキが30人ぐらいの世界です。ものすごい人気で、ガキもボランティアも参加者は選考しているんです。川ガキ30人以上は無理だから、責任の取れる人数にとどめているのですが、一緒に来たいという親がけっこう多いんだね。そういうのは断る。はっきり言って、親まで面倒見切れないよ（笑）。

川ガキを30人養成したからといってどうなるものでもないんだろうけど、これも貧者の一灯で、そういうことを一方でやっているんです。これは僕が主催でやっているのではなくて手伝っているだけなんだけど。生活の中でされるべき精神形成がされなくなってしまったね。これは根底的なことで、簡単に取り戻すことはできないような感じがするんです。

時代のあり様を認識しなければならない

——いまの子どもたちにできるだけ機会を与えるのも一つの方法だと思うし、こんな時代だったと教えることも意味があるんでしょうが、どうすればきちんと伝わっていくのかなと思います。

立松　物語を復活させるということは強いでしょうね。僕はせめて本を書いたりしているんだけど、それは一つの方法で、もちろんそれで終わるはずもない。しかし、語りつづけることは必要でしょう。だけど途切れた文化というのはなかなか修復できないでしょうね。

子どものガキ文化は本当に滅亡寸前でしょう。たとえばこれはテストの点数に換算されないし、偏差値にもならない。むしろ逆になる。それは子どもの責任ではなくて社会のあり方の問題だね。すぐに結果を求めすぎるから、社会がすごくきしんでいるんじゃないですか。

子どもたちには禁欲生活をさせている。もっといい学校に入りなさい。いい学校に入るために勉強しなさい。そのためには遊んで無駄な時間を使ってはいけない。勉強して、勉強して、遊びなんていうのはとんでもないとずっと勉強させていくでしょう。それで中学受験、高校受験、大学受験まで行って、東大の法学部に入って、卒業したら大蔵省の主計局か何かに入るのがいいコースだけど、そこに行って幸せだとはだれも思わない。そう思っている人も中にはいるかもしれないけど、一般に国家公務員になるのが永遠に幸せになるとは全然思わないわけ。

それこそいい暮らしができるからと思って勉強、勉強で来て、思ったとおりの成績を取るのは難しいにせよ、それなりに子どもとしては川で遊ぶことも犠牲にしてきた。それでやっと卒業して社会に出ようと思ったときに、いまは就職口がない。これは詐欺行為でしょう。本当にそう思う。若い連中がかわいそうだよね。

それは大人の責任だけど、大人だってなんだかリストラされそうでヤバいわけでしょう。ではどうすればいいか、はっきり言ってわからない。だれだってわからないと思いますよ。だけど、いまのこの時代のあり様をはっきりと認識する必要はあると思うんです。

いまは前に進めない時代だね。若者がわけのわからないことを言って、大人と戦って、初めは大人が勝つけど、最終的にはだいたい若者が勝つ。そうやって世の中が変わっていくんだけど、いまは世代別に閉ざされているから、世代間を交通させていくのは難しいですよ。文化のかたちを見ていても、若者文化というのがあるにしても、年寄りの文化と交差していかないもどかしさがある。

——お互いに接点がないですね。

立松　交じり合わないですね。20代の連中だって四国遍路に行くんです。だけど全体では交わっていくのが困難な時代になっています。どうしてこうなってしまったのか。それを嘆いていてもしようがないんだけど。

身の丈に合った「ミニマム」でいいじゃないか

立松　この間、河合隼雄先生と川ガキ対談というのをやったのです。河合先生は本当の川ガキで、たくさん魚や虫を殺してきた人なんです（笑）。

僕らのときも虫も魚も多かったけど、河合先生のときはもっとすごくて、夏休みの宿題の昆虫採集は全部家の中にいてできた。カミキリムシでもカブトムシでも飛んで入ってくるから、すぐ捕まえて昆虫採集をした。

――夜、電気をつけておくといっぱい集まってきましたよね。

立松　ところがいまは昆虫が激減しているんだって。河合先生は「環境ホルモンのせいじゃないか」とおっしゃっていたけど、いろいろなものが変わってしまったから、昔のままの状況を再現するのはまったく無理なんです。だからいまのかたちで行くしかないんだけど、本当に難しい時代になりました。

でも僕が最初から言っているように、全体を担おうとするから失敗するのであって、自分の子どもから始めるとかすればいい。でも自分の子どもはいちばん難しいね。

――一つの取っ掛かりとして努力することはできますね。

河合隼雄●（かわいはやお　1928年〜）臨床心理学者、京都大学名誉教授。国際日本文化研究センター所長を経て、現在、文化庁長官。日本におけるユング派分析心理学の第一人者で、文化、宗教、教育など幅広い分野で活躍。日本人論や日本人の精神性についての著作も多い。京都大学霊長類研究所のサル学の権威・河合雅雄氏は実兄。

立松　だからあまり大きいことを考えて嘆いて何もしないよりは、一人でも川ガキを養成しようと努力をするとか、日本の農業を守ろうといっても何をしていいかわからないけど、あいつの農業を助けてやろうとか、ミニマムの発想でやっていかないといけないし、それがいちばんの人の幸せです。手の届く、触れられる、はっきりとかたちが認識できることをやっていく。それならできるし、自分の思いの丈の中でやればいいんだから、そういう小さな共同性をそれぞれの責任において構築するような社会がいいね。

――しかし、川ガキだった世代の人間がいまリストラに合ったりして先行きをなくしています。自然に親しみ、貧乏ではあってもいまの子どもよりは豊かな青春時代を送った人たちが頓挫してしまっています。それはどうすればいいですか。

立松　そういう人たちが自然を壊してきたんだよ。自然の中の麗しい川ガキだったのは昔の子ども時代の話であって、いまはリストラにあっている。でも全体がこうだから、世代がこうだからと言っても何もできないでしょう。自分がどうするか、わが友人はどうするかというミニマムの発想でいかないと、たとえば「団塊の世代は出ていけ」と言われても全体では出ていくところはないわけです。しかし、個人ならその場所をつくればいい。

週刊誌でも団塊の世代批評が最近しょっちゅう出ているけど、僕も下の世代にとってはうっとうしいと思いますよ。だけど日本の農業をどうするかというときに、たとえば知床の彼の小麦畑がどうなるだろうと思ったほうが、その畑でとれたビール麦でビールをつくっちゃおうとか、いろいろなことができて楽しい。日本の農業を担おうなんて言っても担えるわけはないし、抽象的すぎておもしろくないから、一緒に汗を流せるような実感のあるものがいいですね。

——それがミニマムですか。

立松　「ミニマムでいいんじゃないかい」という感じかな。ただミニマムの発想と言うと、またクサいんだね（笑）。あまりスローガン的に言うと嘘っぽくなってしまう。

たとえば「小欲知足」という言葉があるでしょう。欲を小さくして足るを知る。これは幸せですよ。いくらおいしいものを食べても満足しない欲深い人よりは、おにぎりを「おいしい、おいしい」と食べたほうがよほど幸せなんだから。だから小欲知足というのはすごくいい言葉です。しかし、経済活動から見れば困る。これは経済活動のほうに問題があるということなのかもしれない。長いこと道元の言葉だと思っていたんだけど、この間法華経を翻訳していたら、法華経の最後のほうにあったね。法華経は紀元前後ぐらいに成立しているから、小欲知足というのはすごく古い言葉なんです。

禅って自然観だね。自然と非常に密接に生きて、自然をどう認識するか、どういう態度を取るかというのが禅ですよ。なんだか僕にはぴったりくる。法華経の日蓮の優しさもいいし、いまの時代には必要で、泥のような世界の中で親鸞のようにのたうちまわりながら生きるのも魅力だけど。

子どももいない農村で「ミニマム」を問う

――たとえば川ガキが生きるためには「村」がないとだめですね。村の生活があったからこそガキ大将も生まれて、毎年同じことが繰り返されて大きくなったというかたちがあったと思います。しかし、その村自体も昔の状態ではなくて都会の暮らしとたいして変わらないですね。いったん崩壊したあとの共同体はどんな再生のかたちがあるのでしょう。

立松　農村共同体の崩壊は最近嫌というほど見ていますが、それを再構築するなんて簡単には言えない。たとえばこの間も大きな屋敷林があって、でっかい屋根だと思ってそばに行ったら、廃屋でした。完全に離農して庭に草が生えている。ああ、こうやって変わっていくんだなと思って。

さっきも言ったけど、山形県庄内平野の平田町坂本という集落に25歳の青年が一人帰ってきて、彼そのことで村が生き返ってくるんだね。消えていたお祭りができて、消防団の活動が始まって、彼は酪農をやっていく。減反の田んぼに米をつくって、それを青刈りして牛に食べさせるプロジェクトがあって、僕はその手伝いに行ったんだけど、みんな一生懸命です。それでも村の崩壊はもうどうにも止められない。川ガキなんて言っていられない。村がなくなってしまう。これが現実でしょう。

いま実際に農業をやっている人たちの年齢は65歳ぐらいで、「エッ」と思ったことがあるんだけど、そういうところでいま激しい土地改良事業が行われているんです。農地に機械が入れるようにデコボコを直したりする土地改良事業だけど、受益者負担で20年償還の事業が始まっていたりする。それはだれが返すのかと思うんだよ。

——畑のバリアフリー化をしようとしているんですか。

立松　そう。土地改良事業はすさまじい勢いで進んでいる。これははっきり言って土建の政治だね。

土地改良事業●大きく分けると、「かんがい排水、農場・農道整備などの農業生産基盤の整備を行う事業」と、「農村地域の生活環境整備事業」の2つがある。農地の保全や、開発・生産性の向上を目指した事業だが、農業従事者の減少や減反政策などの現状から見て、既に役目は終えているという見方が強い。毎年、6000億円を超える特別会計により推進されるこの公共事業は、族議員の駆け引きの場ともなっている。

これも虫食い状にあっち食い、こっち食いで工事をやっているから途中でやめられない。

村が崩壊していく。農村的な暮らしがやりにくくなる。農産物も安いし、都会に出てしゃれた仕事をしたほうが金になる。だから若者は出て行ってしまう。おじいちゃん、おばあちゃんになって、つい先行き不安になり、行き詰まって都会に出ていった子どもたちを頼って行ってしまう。その家はもうなくなる。そういうことがあまりにも多いですよ。

川ガキよりもガキ自体がいないという、もっとすごく進行した事態が実際の農村地帯だと思います。だから、せめて風景を守っていくために減反の田んぼに稲を植えて米を牛に食わせようプロジェクトとか、僕も頭の中でいろいろ考えていて、ある村で協力しているのです。

それはまさにミニマムで、別に僕が頑張ったところでどうにもならない。だけど、モデルケースだけは提示できる。自分の意見をかたちにすることはできる。そういうミニマムで行くしかないんじゃないですか。川ガキがいなくなって、それを嘆いて、川ガキを再養成しようといっても、肝心のガキもいないいんだもの。

——立松さんの言葉がズシリときます。今日はありがとうございました。

004 That's Japan

小さいことはいいことだ

2002年12月1日 初版第1刷

著者 立松 和平

発行人 中井健人
発行所 株式会社ウェイツ
〒160-0006
東京都新宿区舟町11番地
松川ビル 2階
電話 03-3351-1874
ファックス 03-3351-1974
装幀 知覧俊郎事務所
印刷 株式会社リプロ

企画・編集
ザッツ・ジャパン編集委員会

ISBN4-901391-27-5 C0030